成长之书

把爱装进成长的背包

李兴海 ◎ 主编

吉林出版集团股份有限公司
全国百佳图书出版单位

图书在版编目（CIP）数据

把爱装进成长的背包 / 李兴海主编． -- 长春：吉林出版集团股份有限公司，2018.5(2021.5重印)
ISBN 978-7-5581-5008-1

Ⅰ．①把… Ⅱ．①李… Ⅲ．①散文集－中国－当代 Ⅳ．① I267

中国版本图书馆CIP数据核字（2018）第093630号

CHENGZHANG ZHI SHU BA AI ZHUANG JIN CHENGZHANG DE BEIBAO
成长之书：把爱装进成长的背包

李兴海 / 主编

出 版 人	齐 郁
责任编辑	张婷婷
装帧设计	张振东
出　　版	吉林出版集团股份有限公司
发　　行	吉林出版集团青少年书刊发行有限公司
地　　址	长春市福社大路5788号（130118）
电　　话	0431-81629800
印　　刷	天津海德伟业印务有限公司
版　　次	2018年5月第1版 2021年5月第2次印刷
字　　数	160千字
开　　本	720mm×1000mm 1/16
印　　张	10
书　　号	ISBN 978-7-5581-5008-1
定　　价	32.00元

版权所有·翻印必究

在阅读中享受最美好的青春

二十岁时，我第一次去凤凰，不为古镇美景，只为能与偶居夺翠楼的黄永玉先生见上一面。

时逢雨季，沱江奔啸，烟涛微茫信难求。苦待数日，仍没能等到想见之人。

我在清冷的雨丝中独自徘徊，满心失落。无意中走进一家书店，里面尽是沈从文先生的作品。无处可去，只好在僻幽的角落里翻阅旧籍，而后便一发而不可收。

回程当日，总觉有重要的东西遗落城中，寻思许久，才跑去那条巷子的书店里买了本泛黄的《边城》。这本有着深蓝小印戳的《边城》至今仍安躺于我的书柜里——它不仅使我在未果的行程中找到些许补偿，更让我在之后的时光无比怀念二十岁的自己。

再后来，我与书结下了不解之缘。不但自己看书写书，更领着诸多热爱文学的人走上了自己想走的路。

我经常跟学生们说，阅读是写作的命脉，只有不断阅读，才能保持创作角度的新颖和思维的敏捷。然而，阅读所赐予我们的又何止是这些？

不管在何时何地，只要手中捧着一本书，心里便会觉得安然。书不但能排遣无聊和寂寞，将岁月的伤口逐一缝补，还能把心灵淬炼成一块玲珑美玉。

爱书之人，必是睿智且沉稳的，遇事不惊，处之泰然。古人所说的"腹有诗书气自华"便是这个意思。

　　经常看书和沉迷在网游世界的心灵绝对是不一样的，前者往往更能体悟"一叶一菩提"的真谛。书本给予心灵的力量，是不可言喻的。十年寒窗，说的并不是读书人的艰辛，而是意在表述读书人的坚忍和不懈。试问，有多少人可以在寒窗下十年如一日地重复做一件事情呢？

　　曹文轩老师曾说"世间最优雅的姿态就是阅读"，不论静坐还是倾卧，甚至在卫生间里，它都是最美的姿态。因为这样的人，通常都会从骨子里散发出一种极具亲和力的书卷气。

　　阅读人物，通晓历史，可由他人鉴知自己得失；阅读杂文，百味世事，可在辛言辣语中澡雪精神；阅读情感，温热肺腑，可居书香浓情里滋养心灵；阅读故事，体会人生，可于静谧岁月中倾情流泪⋯⋯

　　每一种书，都是风景；每一本书，都是亟待窥破的秘密。

　　宋朝诗人黄山谷有一句名言："三日不读书，便觉语言无味，面目可憎。"这其中说的，就是每日读书的重要性。

　　这套图书，所遵循的就是这个简单的理论。通过遴选当下不同类型的精华文章，给读者以不同的心灵养分。为了能找到年度最精华的文章，为了给读者省去寻找的冗长时间，我们几乎把近年的期刊翻了个遍。目的就是为了去其糟粕，取其精华。

　　我们的宗旨只有一个，就是为这个时代的读者奉献好书。

　　但愿我们可以放慢匆乱的步伐，一起在欢愉的阅读中，享受青春，优雅前行。

李兴海
2018年4月

目录

不可替代的爱

飘扬的红腰带／吴洲星	2
爸爸成了我的"小跟班"／冠一豸	6
我的老师很"麻辣"／罗光太	12
不可替代的母爱／冠一豸	18
我的父亲是个跑龙套的／阿杜	24
我的学生叫满川／康哲峰	28
姐姐，你为何如此残酷／吴满群	31

幸福像芝麻粒

我的婆／曾维惠	36
刻字的红薯／芦台	40
一碗飘着葱花香的鸡蛋面／芦台	45
分数的秘密／康哲峰	47
如果幸福像芝麻粒／卫宣利	50
妈妈爱吃什么菜／千江雪	52

因为爱你

一段路，三个人 / 萱萱	56
我和我的父母 / 罗礼胜	61
妈妈的拿手菜 / 绚丽	66
因为爱你，所以认输 / 千江雪	69
我们的家，他们的家 / 江生	74

用你爱我的方式去爱你

藏在酒瓶里的感激 / 康哲峰	82
那一次的感动 / 芊草	84
用你爱我的方式去爱你 / 陈心	86
那个掉光了牙齿的老头 / 晴儿	92
那个和我最像的人 / 陈心	95

做父母的拐杖

父母的手绘地图 / 张素燕　　　　　　102
母亲的萝卜条包子 / 张素燕　　　　　104
哭泣的雪花 / 张星船　　　　　　　　106
母亲的大锅菜 / 张星船　　　　　　　109
跟父母，不商量 / 崔锦祎　　　　　　111
做父母的拐杖 / 崔锦祎　　　　　　　113
亲情不能等 / 船星　　　　　　　　　115

谢谢你喜欢不完美的我

父亲，听话 / 船星　　　　　　　　　118
饺子里的爱 / 萨蒂　　　　　　　　　120
八百里地尽孝心 / 萨蒂　　　　　　　122
谁让你是我哥呢 / 安宁　　　　　　　126
老帅，加油 / 魏樱樱　　　　　　　　131
米粒，你是第二眼美女 / 罗礼胜　　　137
谢谢你喜欢不完美的我 / 阿杜　　　　143
我的老师有魔法 / 龙岩阿泰　　　　　148

不可替代的爱

　　我很开心，我没有让老妈失望。虽然知道她骗我，让我一个人累了那么久，还整天担心她，但我知道，她所做的一切都是为了我好，她只是希望我能够独立，能够自觉学习。在那么多孤单的日子里，我已经明白了老妈在我心中的位置——她是不可替代的。

飘扬的红腰带

吴洲星

梧桐小学的操场上种了两棵梧桐树。梧桐树真大,要三四个小朋友手拉手才能把它抱住。梧桐树伸出粗壮的手臂,很高很高。树枝上挂了一只小铜钟,伸出像小舌头一样的铜棒槌,牵着一条长长的绳子。敲钟的是一个胖胖的老大爷,他身上挂着一只怀表,怀表滴滴答答走得可准时了。上课了,打预备铃了,他就到梧桐树下去,一牵绳子,铜钟响起来,"当——当——当——",在操场上玩耍的小朋友们都穿白色校服,像一群小白鸽子,呼啦啦飞进了教室。

梧桐小学在秋天变得真美,梧桐树的叶子全都黄了,风婆婆鼓起腮帮子一吹,校园里就到处飞满了黄蝴蝶。

胜子是二年级的学生,坐在教室靠窗的位子上,又一次悄悄把头往窗外看了看,风吹着窗外梧桐树的黄叶子,像在摇小铃铛。梧桐树叶子"哗啦啦,哗啦啦"地响着,像在那里喊着"下课啦,下课啦"。胜子希望风婆婆吹得再使劲一些,要是能把挂在树上的小铜钟吹响了就好了,这样就能下课了。胜子想着想着就走了神,都忘了这节是数学课,老师还在上课呢。

"胜子,胜子!"

胜子听到老师又在叫他了，很惶恐地回过头来。教数学的王老师是个女老师，很严厉，她已经走到胜子面前了。胜子站起来，头垂得低低的，满脸通红。王老师看上去很生气，因为胜子已经第三次走神了。王老师用严厉的口吻批评胜子贪玩，不好好听课。胜子低着头，不让眼泪掉下来。胜子对自己说："胜子，你是男子汉，不许哭，不许哭。"

王老师罚胜子到教室外面的走廊上站着。

胜子慢慢走出教室，走到走廊上的角落里，用头抵着教室外面的墙。他想，要是让妈妈看见了，她又要难过了。胜子想到妈妈，心里就难过了，他在心里说："妈妈，你让我回家吧，妈妈。""嗒，嗒"，胜子的眼泪一颗一颗滴在地上。

胜子只有想到妈妈的时候才会掉眼泪，因为胜子很爱妈妈。胜子家很穷，妈妈病了。胜子很小的时候，他的爸爸就走了，再也没回来过。胜子很想爸爸，但是他从来不哭，因为他是家里的男子汉，男子汉怎么能掉眼泪呢？胜子还要照顾妈妈呢。

胜子的眼泪掉在校服上，胜子注意到了，连忙用手擦去，这是他唯一的校服，可不能弄脏了。梧桐小学的校服很漂亮，是蓝色的水手服，上面是白色的衬衣，男孩子穿中裤，女孩子穿蓝色的长裙子。

别的小朋友的校服都很合身，穿在身上精神极了。胜子的校服很大，显得胜子的小小的身子很单薄。风吹来，胜子的白校服飘起来，蓬蓬的，像一朵蒲公英。胜子的身体好像就要飘走了。

胜子也很想像其他小朋友那样有一套合身的校服，可是胜子知道妈妈没钱，只能给他买一套，不能像其他小朋友那样可以有很多套校服，所以妈妈给他买的校服很大，这样就可以穿很长时间了。不过妈妈说了，胜子的身体长得快，用不了多久他的校服就会合身了。胜子是多么希望他快快长大、长高呀，这样他就能保护妈妈，成为一个真正的男子汉了。而且胜子最期待的是，那时他的校服就会变得很合身了，不大不小，一定会像其他小朋友那样神气——不，比其他小朋友更神气！

胜子的裤子也很大，老是要滑下来。他没有皮带，不过他想了一个办法，找来一根绳子把裤子穿起来，这样肥肥的裤子就不会不听话地往下面滑了。胜子也能像其他小朋友那样在操场上跑来跑去了，胜子真开心。

可是在学校里，高年级的大同学老是欺负低年级的小同学，瘦弱的胜子常常成为他们欺负的对象。胜子的教室就在他们教室边上，而厕所在走廊的尽头，要穿过走廊，经过高年级的教室。胜子每次下课的时候都不敢去厕所，因为隔壁班有几个坏孩子拿着一把剪刀专门等着胜子，他们要剪胜子的裤带子。在他们看来，胜子穿着肥大的裤子，那样子真是滑稽极了，他们想让胜子的裤子掉下来，这在他们眼里是非常有趣的一件事。他们常常趴在窗口等着胜子经过。胜子的裤腰带已经被他们剪过一次了，那一次胜子把鞋带解下来，接在一起把裤子系紧了，这才回的家。胜子不敢告诉妈妈，妈妈知道了一定会很伤心的。胜子也不敢告诉老师，老师一定会让妈妈给他买一身合适的校服的，胜子不想让妈妈为难。胜子只能躲，常常憋着，一直到打预备铃了才匆匆忙忙跑过走廊，这时候那些高年级的坏学生才不会抓他。

上这节数学课前也是这样，胜子等着打预备铃，等那些人进去。可是有个大胖子使坏，故意留在教室门口不进去，挥着一把剪刀"咔咔"响，坏坏地朝胜子奸笑。胜子眼巴巴地看着王老师从走廊那头过来了，他的小脸憋得通红，快要哭了。

上数学课前，胜子没有上厕所。上数学课的时候，胜子坐在板凳上扭来扭去，他真希望早点下课。为什么还不下课呢？就这样，他不止一次地朝窗口张望，看梧桐树上那只铜钟。

胜子等了很久，终于等到下课了，他在那几个坏孩子出来之前，飞快跑过他们的教室，在走廊里奔跑。胜子跑得真快，像风一样。可是回来的时候，刚走过那些坏孩子的教室，那几个人就呼地从门后闪出，把胜子围住了。那个大胖子把剪刀一挥，"咔嚓"一声，胜子系裤子的腰带断了，胜子的裤子滑了下来，周围的几个坏孩子哄地笑了，胜子拼命地忍住自己的眼泪不往下掉，他对自己说："胜子，你是男子汉，不许哭，不许哭！"胜子红着脸，眼泪汪汪地提着自己的裤子。"你们在做什么？"大家回头一看，小林老师从走廊那头过来了。

　　小林老师很漂亮，夏天的时候穿着白色的连衣裙，像一朵栀子花。小林老师的头发长长的，很黑很黑，她用一根红色的丝带把头发扎起来，扎成一个蝴蝶结。

　　胜子很喜欢小林老师，每次看见小林老师，胜子的心就扑通扑通跳起来，好像装了一只小兔子。胜子的小手紧紧地按住心口，不让小兔子跳出来。好几次胜子在心里偷偷对小林老师说："小林老师，我喜欢你。"说完，他的脸上就开了一朵大红花，真红，真大。

　　那几个坏孩子看见小林老师就"呼啦"一声跑了，胜子也想跑，他不想让小林老师看见他这个样子。可是小林老师已经看见他了，而且在后面叫他的名字了。胜子只能停下来，等到小林老师来到胜子跟前，蹲下来，胜子捂着自己的裤子，难过地哭了。

　　小林老师看见胜子的样子也就明白了，她掏出一块洁白的手帕轻轻擦去胜子脸上的眼泪，然后把手举到头上，解下扎头发的红带子，围在胜子的腰上，胜子闻见小林老师身上散发出来的淡淡的香味。小林老师在胜子的腰上扎了一个蝴蝶结，就像她扎头发那样。

　　再也没有人敢剪胜子的裤腰带了，因为梧桐小学的学生们都认得小林老师漂亮的红丝带，它曾经系在小林老师长长的头发上，漂亮极了。而现在，它飞到了胜子的腰上，胜子跑起来它就蹦蹦跳跳，像一只飘飞的红蝴蝶。

爸爸成了我的"小跟班"

冠一豸

"长不大"的老爸让我头疼

爸爸长得年轻，快奔四的人了，穿着比我还"潮"，再加上那张保养尚好的"娃娃脸"，乍一看，谁都以为他还是个年轻的小伙儿。他要的就是这个效果吧，每次别人夸他"身材好""年轻"时，他都乐得合不拢嘴。

我挺烦这个自恋的老爸。一个人稍微注意一下自己的形象，保养容貌、身材，情有可原，毕竟爱美之心人皆有之，可如果太过分了就让人接受不了。特别是作为他唯一的儿子，我实在受不了他在我面前自称为"不老男神"时的表情。快四十的人了，他还在我这货真价实的"小鲜肉"面前卖萌，甚至嘟起嘴"么么哒"，每当此时，我就要发狂，大叫："老妈，你看看'老腊肉'又在恶心我了。"

老妈早已习惯爸爸的各种扮嫩行径，微笑着说："你就原谅他吧，你正年轻，看见你，他的心就痒痒的。""岁月不饶人，他再怎么折腾也回不到二十岁了，毕竟他家儿子都老大不小了，他就只能是'老腊肉'。"

我故意当着老爸的面对老妈说，对他忧伤的眼神视而不见，还下狠手，再往他的伤口撒上一把盐。果然，老爸清澈的眼神瞬间黯淡。

我窃笑不已，昂首挺胸伸伸腰，再酷酷地猛甩一下头，朝气蓬勃地对着老妈笑，露出一副乖巧可爱的神情说："妈，我们街舞社团这个周末有活动，你有空来看看吗？"家里的财政大权都在老妈手里，我的活动需要她的资金支持。

"我没空，倒是你爸有时间……"老妈说了一半，停下来看我一眼。我明白她想说什么，马上接过话茬："那算了，他就甭去了，到时别人又以为他是我哥。""长得年轻是我的错吗？"老爸不服气地争辩。

我懒得跟他争，争输了他又要扣我的零花钱。面对这个不服老的老爸，我真是没辙了。他心态年轻，长相年轻，一直都把自己当成二十几岁的小伙儿，明明老妈买给我的玩具，他玩得比我还爱不释手。

有个"长不大"的老爸，我真是头疼。他不仅和我争玩具，还争宠，我真是受够了。

抢走我风头的老爸

小的时候，我其实挺喜欢老爸，觉得有他陪自己一块玩很有趣。毕竟我那时还是小屁孩，唯他是从，把他说的话当成圣旨，每天跟着他，就像是他的小跟班。

我长大后，有了自己的同学、朋友，就不喜欢跟他玩了。他再霸占我的玩具，让我当个旁观者时，我就更不愿意了。我的思想比较独立，可能是受老妈影响吧，从很小的时候起，很多事情我都是自己解决，不会找老爸帮忙。我对人对事都有自己的想法和判断，不愿意听他的指挥、派遣，更不愿意袖手旁观，看他折腾我的玩具。他没感觉到我的长大，当他还像我小时候一样指挥我时，我不听，他就生气，还说我不够朋友。

最让我受不了的是老爸还会跟我争宠。老爸是独子，爷爷、奶奶一直把他当成"大孩子"宠着，就连事事起主导作用的老妈也惯着他，还说什么"我家有两个孩子，一大一小都是宝"。这是啥话呢？他明明是家长！

我有时觉得很奇怪，老爸这样"没长大"的人，在单位如何与同事相处呢？他又是如何管理他们部门的二十几号人的？想想都替他担心。可是让我想不到的是，他的上司、下属对他的评价都很高，说他工作能力强，很有亲和力，是单位的"核心"人物。爷爷、奶奶以老爸为荣，妈妈更是觉得自己嫁对了人，常常在她的朋友圈"晒幸福"。

老爸对父母孝顺，对老婆好，这点我毫不怀疑，毕竟他也离不开他们的"宠"和"惯"。可能只有我对老爸意见很大。我的个头儿和老爸差不多高，相貌在外人眼中是"出自同一个模子"，但他太爱扮嫩了，本身又长得"嫩"，害我总被别人当成是他的弟弟。我有时在想，如果老爸真有个弟弟，那我的这个亲叔叔又会长成何种模样？他和老爸站在一起会有压力吗？可是世间没有"如果"，一切的压力都只能我一个人扛。

记得上高中后，有一次老爸有事到学校找我。他离开后，我们班女生不约而同跑来问我："刚才那人是你哥哥吗？好帅呀！"看着她们一脸的花痴样，我气恼地嚷："那是我爸，年纪很大了，还帅什么帅？没看见帅哥在你们面前吗？""你是很帅，不过和你爸比还是稍逊一筹啦！"一个女生说。

我"幼小"的心灵受到严重创伤，这群肤浅的女生，难道看不出我风华正茂、青春无敌吗？不过一切都得怪老爸，他好好的跑来学校干吗呢？一下子就抢走了属于我的风头。

爸爸竟然要加入我们街舞社

我和一群喜欢跳街舞的同学自发组织了一个街舞社团，由于学校态度不明朗，我们只能在校外找了个练舞的场所。老爸倒是挺支持我的，音响设备还是他和另一个同学的父亲提供的，我们自己合伙出场地租金。

可能是我成绩还可以吧，老爸从来不干涉我做喜欢的事。他说跳街舞好，爱跳舞的人显得年轻，更重要的是可以锻炼身体。得到他的支持我很开心，可是他去了我们街舞社团后,我就后悔让他去了。

大家又一次把他当成我哥了,还有一个同学竟然说:"能不能让他也加入?"我第一个反对,让他加入?这算怎么回事呢?他来是监督我吗?还是想打入组织内部,让我在他面前根本没有自己的秘密?

我的反对惹恼了老爸,他居然一个星期都不搭理我。我也懒得搭理他,几天里我们形同陌路。一个星期后,老爸绷不住了,又主动示好。

"你的同学都很热情地邀请我加入,你为什么反对呢?"他"大言不惭"地质问我。"物以类聚,人以群分,你找你同年纪的人玩呀,干吗要来凑热闹?"我生硬地说。

"我就是想和你一起跳舞呀!"老爸继续努力。

"我不想,我们之间有代沟。"

"你就这么狠心拒绝我,不心疼?"老爸扮出"可怜状",但我习惯了,不吃他这套。我又不是爷爷奶奶,更不是老妈,要处处宠他、惯他,我是他儿子,他得宠我、惯我才对。于是我平静地说:"我没什么好心疼的。"

老爸见我态度坚决,便不再多说,但他竟然打电话给我的好朋友兼街舞队队长浩子,让他来做我的思想工作。老爸这招让我恼怒万分,都说"家丑不可外扬",他倒好,还刻意打电话。虽然浩子是我的好朋友,但我不想让别人知道我有一个"长不大"的老爸,害怕被人嘲笑。

"小宇,你真幸福,有一个愿意陪伴你的父亲,让他加入吧。"浩子说。

我拒绝了,还有些生气。浩子是"站着说话不腰疼",如果他也有个总长不大的老爸,他还会这样说我吗?他不知道我有多烦,我最讨厌听的话,就是别人误会他是我哥,难道我长得太着急了?明明我才是早上八九点钟的太阳!

幸福的"不老男神"

老爸的好奇心之强,常人根本难以理解。他喜欢新事物,社会上流行什么,他便玩什么。我玩的网游,他肯定也要玩;我在网上淘来的衣服,他也要穿;牛仔裤、白T恤、运动鞋是我的最爱,当然也是他的最爱。

似乎从小到大,我喜欢的东西,老爸也会喜欢,我学过的才艺,他多少也会一些。我学写毛笔字时,他每天陪着我一起写,偶尔我想偷懒,他却不依不饶,非得写足半个小时,还一笔一画找出我不认真的"罪状"。其实他写的字,也不见得有多好。

我从二年级开始跟一位山歌剧团的老师学吹竹笛,老爸也买了一支,他说他小时候就喜欢,还学过一点点,想要重温一下。他让我当他的"小老师",我一口答应了。我每次上竹笛课回来,他都会虚心请教,让我把老师课上教的内容教给他。看他学得那么认真,我小小的虚荣心得到了大大的满足,于是每次上竹笛课,我都特别专注,担心哪个地方没弄懂无法讲述给他听,那些指法我更是练得"得心应手",要不没法胜任"小老师"一职。教竹笛的老师夸我有天赋,其实我哪有什么天赋呀,不过是为了教好老爸,我才勤学苦练。

后来我学其他才艺时,老爸也是兴致满满,他总爱问东问西的,害我无论学什么东西都不能掉以轻心,要不被他问个哑口无言时,该有多尴尬?老妈最得意这样的情形,她总是饶有兴致地看我们父子俩对话,看我们一起练书法、吹竹笛,还美其名曰"花一个人的钱,培养出两个艺术人才"。

我年少时,还挺喜欢老爸陪着我学才艺,可是上初中后,学业压力大,我渐渐就烦了。他想学,自己去学就好了,干吗老让我教,我又不是老师。我向浩子诉苦时,他一脸羡慕地看着我说:"你爸真好!"我可没觉察出来。倒是浩子的爸爸很有家长的做派,总是不苟言笑,让我感觉高深莫测。

"你真是身在福中不知福,你爸把你当兄弟,多好呀!你有什么可烦恼的?他想和你一起跳街舞,你多幸福!为什么不让他加入呢?别人误会他是你哥,说明你爸年轻,你应该为他骄傲呀!"老爸不知用什么收买了浩子,他总是隔三岔五地来开导我。

"别扭呀!他一点老爸的样子都没有。你不知道,他还在我面前自称'不老男神',多肉麻呀?明明就是'老腊肉'了。"我如实对浩子说。

"我真希望我爸也能像你爸一样。知道吗?我一直有多羡慕你,羡慕你们父子俩的关系，不像我爸，整天板着脸，就像全天下只他一个人当父亲一样，有什么架子好摆的……"浩子喋喋不休。

　　看浩子的眼神，我知道他是真羡慕我。仔细想想吧，老爸除了爱扮嫩、爱黏着我之外，其实倒也是个有趣的人。不过，他和其他人的老爸相比，真是特立独行，让我有些适应不了。

　　跳街舞的事，如果我不答应让他加入我们的社团，我估计他还得跟我闹，搞不准又会弄出什么花样来。算啦，他爱跟着我玩就让他跟吧！我小时候是他的"小跟班"，现在嘛，就让他当我的"小跟班"好了，谁叫他是我的特立独行的"老腊肉"爸爸呢！有他的陪伴，我想我的人生一定会更加精彩。

我的老师很"麻辣"

罗光太

初识"麻辣"老师

"麻辣"老师姓上官,名美丽,是我初二时的班主任。

第一次上她的课时,铃声刚过,一个身穿红白相间运动服、头发烫成大波浪的高大身影就进了教室。她身高175厘米,体重165斤,确实只能用"高大"来形容了。上官老师一进教室,教室里立即鸦雀无声,大家睁大眼睛好奇地打量着她。

她放下备课本,环视教室一圈后,中气十足地说:"从今天开始,我就是你们的班主任了,我希望大家能够配合我,自然地,我也会配合好大家……"说着,她在黑板上写下龙飞凤舞的四个大字:上官美丽。

"我就是上官美丽,你们可以叫我上官老师,也可以叫我美丽老师。"她在说话时,底下有同学忍不住笑出了声,这笑声会传染,一会儿工夫,全班同学都哄堂大笑。这下惨了,上官老师定会勃然大怒。果不其然,她严肃地看着我们,说:"笑够了吗?你们是觉得我不能姓'上官'还是不能叫'美丽'？名字是父母取的，有什么好笑？虽然我已是中年妇女，我的孩子已经读大学，但'美丽'这个名字还是得跟我一辈子……"

上官老师真不愧为全校知名的"麻辣"教师。第一堂课，她就以强大的气场镇住大家，不仅三言两语就为自己摆脱窘境，而且还让我们感受到她口才便给的"麻辣语言"的魅力。她让我们自报家门，听到一些奇怪的名字时，也会恶作剧般逗乐一番，在我们的哄笑中，她又会立刻为面红耳赤的当事者挽回面子，让我们既好气又好笑。

我们都笑了她，她也把我们好好嘲弄了一回。最后她说："你们记住了，千万不能当我的面叫我'胖老师'，我会发飙的，私底下叫，只要我没听到就算了……"上官老师滔滔不绝地讲着，下课铃声早已响过。

看到窗外人来人往的，她惊讶地问："下课了吗？人都在走廊了？""早下课了，上官老师。"我们异口同声。"我太投入，都忘了时间。那我们也下课，要不又说我'第一节课就开始拖'，去吧，该上哪上哪。"说完，上官老师身子一转，走了。

罚跑操场

以前的老师都当我是"宝"，我在班上是享有"特权"的，毕竟我总考年级第一名，又不会违反纪律，就算我上课时思想开小差，体育课时躲在教室看书，他们也都会睁一眼闭一眼。可是我没想到，上官老师居然会惩罚我。

一天上课时，她点名让我回答问题。我当时正思绪游离，她又叫了一声，我还是没反应。直到同桌捅了捅我，我才慢一拍地扭过头来看她。"你想什么呢？外星人什么时候会进攻地球？"她问。"未来的某一天。"我正经地说。我的话把大家逗乐了，她也忍俊不禁，说："你真是个活宝！""这不是你问的问题吗？"我气愤地质问，被众人嘲笑，我很没面子。

"你的思想走得可真远，什么马可以追上呢？"她问。我这才知道她在嘲弄我，于是生气地说："驷马难追。""如此决绝？""嗯。"我应声后，低下头不再看她。

放学的铃声已经响了,其他班的学生都涌到走廊,她还是没有放过我的意思。我把头扭到一边,一副对抗到底的架势。"有点脾气!不过小宇,你明白你伤害了我吗?"她走到我的身旁说。"我伤害你?明明是你伤害我。"我执拗地争辩。"你看,你又在违背师训,让我很没面子,我现在要罚你去操场跑两圈。"她说。"我跑不动。"我不看她。班上的同学却是屏住呼吸盯着我们,想看看谁能赢得最后的胜利。

"因为你很聪明,因为你总考第一名,所以你不把老师放在眼里?老师的惩罚你也不愿意接受?"她说这话时,目不转睛地盯着我。我愣了一下,我的情况她都懂,难道是故意刁难我?于是说:"你作弄我在先,还要罚我跑操场,不公平。""那你想如何?如何才公平?""除非你陪我一起跑。"我故意说——明知道她胖,跑两圈下来,她受得了吗?

"我陪你一起跑?"她一脸不相信的表情。她没想到,她要惩罚的学生居然敢跟她提条件。她眼睛眨了眨,竟然答应了,但随即也提了条件,那就是:上课不许再走神,每天放学后都要去操场跑两圈才能回家。"你提了两个条件。""跑不跑?""你一起跑,我就跑。"我思忖后说。"行!君子一言。""驷马难追。"我答应她了。

我想算计她,却万万没想到,正好着了她的道。她罚我跑操场,原本是想让我加强锻炼,她已经听了很多老师讲,我成绩好,却最怕运动,所以使出这招,但没想到,我会"咬"着她,让她陪跑。她灵机一动,将计就计把我当成免费的陪跑员了——她一直想减肥,想运动,却苦于难坚持,拉上我后,互相监督,她没有理由不继续。

作文竞赛

省里每年都会举行一次"中学生现场作文竞赛",丰厚的奖金吸引了众多参与者。只是参赛人数有限,把关严格,并非你想去就能去。要先参加校际的作文比赛,获得第一名的学生才有资格代表学校去参赛。

我对这项赛事从不寄期望，虽然奖金诱人，但学校的老师不那么看好我的作文。班上一个叫林琳的女生，她每次的考试成绩都比我高。知道自己没什么希望，参加校际选拔赛时，我反倒是放开了，洋洋洒洒地一挥而就。

只是让我想不到的是，这篇充满个人情绪和观点的文章居然获得了唯一的第一名。我很意外，林琳却是异常难过。

林琳找到上官老师，眼圈红红地质问："我的作文向来比小宇好，为什么这次他得第一名了？""向来比他好，不代表每一次都比他好。我是就文论文。"上官老师说。

"我都听说了，其他老师都看好我的作文，只有你力荐他，你偏心。"林琳说着，眼泪"啪嗒"落下来了。

"第一，先把眼泪收起来；第二，你的作文确实写得不错，中规中矩，但没有自己的思想，观点都是大众化的，而小宇的呢……"上官老师侃侃而谈。

林琳听不进去，她固执地争辩："我怎么就没有自己的思想了？我不就总成绩比他差一点，他成绩好，不代表他有思想，更不代表他作文写得比我好……"

滔滔不绝的上官老师面对林琳的伶牙俐齿，一时愣住了。我正巧经过，听到她们正如火如荼地争辩。偶然听到她们提了我的名字，一时好奇心起，躲在角落听个究竟。

听到上官老师说我有思想、有独特的观点，我真是心花怒放，特别是我知道她力排众议推荐我的文章时，我心里莫名感动，一时觉得她是知音，竟然能够读懂我，满心欢喜。我不在乎能不能去比赛，但被她欣赏，还是让我飘飘然起来。

林琳没有能说服上官老师，就去找她当副校长的老爹。我猜想，这下上官老师应该顶不住了，毕竟副校长出面，她说什么也得给点面子。然而，出乎我的意料，最后去比赛的人依旧是我。

那个过程我没亲眼看见，但我想，上官老师应该是口若悬河、力挽狂澜，充分发挥她"又麻又辣"的语言天赋才说服副校长，顶着压力，保全我去省里参加作文比赛。心里有满满的感激，但我说不出口，最后只能以第一名的比赛成绩回报她的认可。

我从不偏袒谁

班上的同学都在说，上官老师偏袒我，觉得我成绩好就样样好，她和以前的其他老师没什么区别。也有同学说，我是老师的"专职陪跑员"，这点儿实惠还是可以得到的……

流言蜚语让我颇不自在，我不是以第一名的成绩向大家证明我的实力了吗？还有那么多的闲话？想想心里就郁闷，于是又到放学跑操场的时间时，我第一次爽约了。

第二天一早，上官老师就把我叫出教室，劈头盖脸地对我一顿吼："你昨天怎么没来跑步？其他同学都来了，唯独缺了你。""不想跑。"我垂着头说。"把头抬起来，看着我的眼睛，难道我很不好看吗？"她咄咄逼人。

我不想和她争辩，于是低声说："没有。""没有就看着我，年纪轻轻的就像霜打过的茄子！"她停了一会，又接着说，"不就有几句闲话吗，你就受不了了？我都好好的，你有什么可难受的？你不是已经用实力证明了我的判断嘛，这是件值得高兴的事。明确告诉你吧，我从不偏袒谁，力荐你，和你的成绩无关，单单就是那篇作文打动我，觉得你不错。"

"可是别人不这么想，他们说我是你的陪跑员……"我依旧情绪低落。

"别人怎么想是别人的事，我管不着，我更在乎你是怎么想的。陪跑员？到底是我陪你还是你陪我呀？就算陪跑员又怎么啦？你看看，现在我们班放学后跑操场蔚然成风，有什么不好……今天再放'鸽子'，看我怎么抽你。"上官老师又一次絮絮叨叨，深一句，浅一句，把她"麻辣"的一面展现得淋漓尽致。

"老师不许抽学生的。"在她说得兴致勃勃时，我轻声应了句。没想到，她耳朵那么灵，马上应道："抽是不能抽，但我可以惩罚你。罚你跑操场，去不去？"

"去！"上官老师的一番开导后，我已豁然开朗，什么流言，什么蜚语，都见鬼去吧。就像上官老师说的，人得有自己的想法，这才叫"个性"。

　　其实在上官老师眼中，学生没有好与坏之分，只有努力和不努力的区别。她对我说过，我是个很有天分的学生，但一直不够努力。如果我能够早些找到自己的方向，朝着目标足够努力的话，我就能抵达自己的人生顶峰。

　　我相信她说的话，她是"麻辣"老师嘛，她的率直，她的不做作，她的长期陪跑，让我从心底认可她。

不可替代的母爱

冠一豸

一

"妈——我的游戏机哪去啦？"放学刚到家，我就大声询问在厨房煮饭的老妈，她居然把我的游戏机藏起来了。

"还好意思提游戏机？初三了，知道吗？"老妈的大嗓门儿响彻整个房屋。

"初三怎么啦，不让玩呀？"我不甘示弱。

"玩？就你那倒数第三的成绩，还想玩？"

"那如果我倒数第一，是不是得去死呀？"我抢白一句，使劲关上门。

颓然躺在床上，我愣愣地望着窗外飞过的小鸟，心生向往。我这初三的学生，除了学习，好像什么事都不能做了。

莫名地想起一本书上说"父子天生敌对，而母子连心"，我看那作者一定是胡扯，我和我妈才是天生敌对，和我老爸倒还相处融洽，至少他不会整天挑我毛病。

"要不要吃饭？别以为把门关着就能解决问题。"老妈的大嗓门又在门外响起。

"饿死算啦。"我不悦地喊。

"你还来脾气啦？不吃拉倒。"

"还我游戏机，我就出来吃饭。"我提条件。

"游戏机？等你考进前十名，我就还你。"她寸步不让。

没办法，不是我没志气，而是我的肚子不争气，最后还是再一次被她的美食降服了。

二

老妈开完家长会回来后，对着我就是一阵狂轰滥炸。

老爸在一旁轻声安抚。他不说话还好，一开口就遭到老妈痛斥："这孩子你也要好好管管了，整天由着他，以后会有出息吗？你知不知道，我今天去开家长会遇见谁了？"

"谁？"老爸好奇地问。

我也赶紧竖起耳朵。

原来我们班新转来的曾子丹的妈妈是老爸老妈的高中同学，他们当年都是好学生。我听着，心里却在想，那时候她们竞争名次的同时，会不会也在竞争我老爸呢？

听他们说起当年的事，我就在一旁偷笑。老爸眼尖，一发现我还在边上，就说："好啦，琼花，别在孩子面前提那些陈年旧事了。"

"怎么不能提啦？当年我哪样输给她？现在倒好，她女儿第一，我儿子却是倒数……"老妈喋喋不休。我知道老妈好强，但她怎么可以为了她的好胜心而把种种压力强加在我身上呢？我提出抗议。

"还说！"老爸及时阻止我，"你说你挺聪明懂事的孩子，怎么就不爱读书呢？你妈当年读书可厉害了，现在为了你，老挨批评。去，好好反省。"老爸一边安抚老妈，一边把我赶回房间。

我心领神会，对老爸点点头，正准备撤时，又被老妈"劫"住，她一把拉住我的手，恳切地说："雷鸣，你说说，需要老妈怎么帮你？我们一起想办法，无论如何，你一定要赢过曾子丹那丫头。"

"老妈！你异想天开吧？她可是第一名，我能赢过她？这事比登天还难。"我噘嘴。

"你这孩子，怎么一点志气都没有？我从来就不会认输，你爸也不会，你怎么这样？气死我了。"老妈说着，突然捂住胸口，直喘粗气，额头渗出点点汗珠子。

老爸见状，忙搀扶住老妈，宽慰她。看来老妈真是气急攻心了。

没想到，老妈说住院就住院了。第二天我放学回来时，家里一个人都没有，安静得让人心慌。

三

去医院看望老妈时，她正躺在白色的被子里。我低声叫了她，难为情地低下头。我不敢正视老妈的眼睛，怕自己忍不住流出眼泪来。那么生猛的老妈，现在却被我气病了。

"雷鸣，你来啦！"老妈的声音里透着虚弱。

"妈——"我眼眶痒痒的，怕被老妈看见夺眶而出的泪水，我赶紧把头扭开。那一刻，我恨死了自己。

老妈不再问我学习上的事，也不再强求我一定要超过曾子丹，她只问我，自己煮饭自己吃，能吃饱吗？我点点头，随即又说："妈，你还是早点好起来吧，我更喜欢吃你煮的菜。"老妈看了我一眼，苦笑说："你还想生病的老妈侍候你？""不是，我来侍候你，我保证不再惹您生气了，我也不再玩游戏机，我会好好读书。"我一口气作了很多保证，都是我的真心话。

"你以为我想生病呀！"老妈侧过身不再理我。

我猜想老妈现在一定还在生我的气，她连和我说话都感觉累。在医院待了一阵，我一个人又回到了空荡荡的家。老爸每天下班后，都直接到医院陪老妈，偶尔才回家拿换洗的衣服。

家里就我一个人了。好忙呀，放学回家后，第一件事就是煮饭，然后洗衣服，还得拖地板、整理房间。自己亲手做了老妈每天都在忙的事情后，我才知道有多琐碎和辛苦。

老妈不管我了，我反而不习惯，那些曾经在老妈监督下我也想偷偷玩的东西，现在对我来说一点吸引力都没有。忙完家务，我就忙作业。就算是为了老妈那点自私的好胜心，我也得努力。我想现在唯有好成绩能赢得老妈的欢心……我暗下决心：拼尽全力，争取赢过曾子丹这个"罪魁祸首"。

四

有一天在学校，曾子丹和几个女生聊天时，我注意到她说话时偷偷瞟了我一眼，然后压低声音说了什么，几个女生突然就爆出一阵笑声。

我气坏了，不用猜，肯定是曾子丹说了我什么坏话。得意什么？我愤然瞪了她一眼。

种种刺激和压力仿佛在一瞬间转变成了无穷无尽的动力，我像是变了一个人。老师布置的作业，我认真完成，上课也聚精会神了。我还把以前的课本全找出来，每天完成作业后按计划复习。

我不能再让曾子丹看我的笑话，我一定要让老妈为我骄傲。

"自觉学习"和"被迫学习"真的有巨大别。

我努力一段时间后，成绩明显提高。虽然还不能撼动曾子丹"霸主"的地位，但我一次考得比一次好。

老师表扬我，同学们夸我，我耸耸肩说："我本来就不差。"

五

期末考，我和曾子丹并列第一。拿到成绩单后，我飞快跑去医院，我要告诉老妈这个喜讯。

老妈开心地笑了，夸我是她最聪明的儿子。

我面红耳赤，不过，心里乐滋滋的。

老妈当天就出院了。回到家里，我安排她休息，自己忙上忙下，把一切弄妥当。

"嗯，不错，几个月工夫，我儿子好像换了一个人，这医院没白住。"老妈笑不拢嘴。

晚上，曾子丹和她父母来我家做客。

曾子丹的妈妈一直笑容可掬地和我妈说话，两人互夸对方的孩子。

"你们家雷鸣还真是一鸣惊人呀，记得半期考还倒数第三，才几个月工夫就赶上我们家丹丹了，真是厉害！""还是你们家丹丹厉害，长期第一，这小女子不得了。"

看她们客套话讲得兴致盎然，曾子丹给我递了眼色。我也真是怕听她们的恭维话，赶紧开溜。

一出门，曾子丹就给我来了个下马威，她说："深藏不露呀？不过，我可没那么容易被战胜。"什么人呀，弄得自己是不败战神似的，于是我不客气地说："我知道，你是东方不败。""你才是东方不败。"她啐道。

在小区逛了一圈后，我们坐在路灯下，她说："雷鸣，说真的，第一次知道我妈和你父母是同学时，我挺不屑你的成绩，不过后来，看你那么努力，我又很佩服你。还有半年，你会一直努力吗？"

"会。"我肯定地回答。

"那我们一起努力。"曾子丹说。

看着昏黄的路灯下，曾子丹青春张扬的脸，我舒心地笑了。俩人握手言和。

六

后来，我还知道了另外一些事情。

曾子丹的妈妈其实和我妈关系很好,她们当年就是好姐妹,不过,至于她们有没有一起竞争过我老爸,我可就不知道啦。

老妈生病是真的,不过,一个小手术,原本不需要在医院住那么久,但她发现,她住院后,我突然就懂事了,于是和我爸商量,决定在医院多住一段时间。

我很开心,我没有让老妈失望。虽然知道她骗我,让我一个人累了那么久,还整天担心她,但我知道,她所做的一切都是为了我好,她只是希望我能够独立,能够自觉学习。

在那么多孤单的日子里,我已经明白了老妈在我心中的位置——她是不可替代的。

我的父亲是个跑龙套的

阿杜

一

父母离婚的时候我已经十岁了,我对被我称为"爸爸"的他没什么感情。我一直是跟着母亲长大的,而他来去匆匆,家就像是旅店。他总在外地拍戏,我想更多的时间是在等戏拍吧——他是个毫无知名度的群众演员。

小时候的印象中,我记忆中最深的就是母亲的眼泪。一看见她流泪,我就特别害怕。父亲每次回来都会给我买一个玩具,但我对他的感觉太陌生了,并且受母亲的影响,心里对他充满怨气,并没有被他送我的玩具"收买"。他们离婚时,我没有难过。

母亲是单位的会计,收入不高,但足够我们娘俩度日。父母以前是同事,后来父亲迷上演戏,就辞职了。母亲劝过他很多次,但父亲铁了心要追他的"演员梦",他们的关系僵持了好几年。可能母亲对他死心了,就主动提出离婚……这些事情我是听外婆说的。她提起我父亲时,有恨意,有叹惜,还有失望,她说:"好好一个家,就被他的演员梦搅没了。"

二

母亲再婚后，父亲就更少出现在我面前，我对他的感情稀薄如空气。

我不想让别人知道，家里的爸爸是我的"后爸"，而我的亲生父亲只是个没出息的"跑龙套的"。这个秘密却在我上初中时被一个同学捅破了，他的亲戚是我妈的同事。

那天，几个女生聊起了各自父母的职业。"小宇，听说你爸是单位的总工程师，你妈妈是会计，对吗？"同桌问我时，我缄默片刻，然后点点头，轻声应道："是呀！"

"狗屁！"

我的话音刚落，后桌的男生莫名其妙地骂了句。我恼怒地扭过头瞪他："你说什么？""我说你撒谎，你爸是工程师吗？还总工程师？那是你后爸，你亲爹不是个跑龙套的演员吗？专演叛徒走狗，还什么工程师，真会往自己脸上贴金……"

我的脸已经涨得通红，他的话还没说完，我就扑过去和他扭打成一团。秘密被揭穿的羞耻感让我丧失了理智，我想和他同归于尽。

那一刻，我特别恨他。我对父亲演戏产生关注，缘于一次学校组织大家去看战争片，我在里面看见了父亲，他演一个叛徒。虽然戏份很少，虽然知道他是在演戏，但我还是接受不了。在幽暗的影院里，我泪流不止。为什么他是我的父亲？为什么他要演这样的角色？为什么他宁愿放弃家庭，放弃我，也要追逐这样一个梦想？

因为他，我被同学耻笑。我恨他，再接到他打来的电话时，我对他说："不要再说你是我爸。"我挂了他的电话，躲在无人的角落失声痛哭。

三

父亲专程回来找我，我却不愿见他。

在母亲的劝说下，我去见了他。看见他瘦削的脸庞时，我又想起他演过的那些令人不齿的角色，心里堵得慌。他走过来，亲昵地揽住我的肩，我别扭地拂开他的手。他的手很有力，我无法挣脱，就生气地嚷："我们之间有这么熟吗？小的时候，我想要你抱我的时候，你又在哪？你以为买几个玩具就可以填补我整个童年的记忆吗……"

我一边说着，眼泪一边不争气地滑落。这个我叫"爸爸"的人，对我来说如此陌生。父亲一把把我搂在怀里，哽咽着说："是我对不起你们娘俩，我为了自己的梦想，让你们受委屈了……"父亲的眼中，泪光闪烁，落寞的神情又让我禁不住心疼起来。我想起在他演过的角色中，也有过这样的眼神。那次他出演的角色被一群人围着打，他抱着头在地上滚来滚去，惨叫不止。当人群散去，浑身是血的他坐在无人的角落，眼神就是这样的落寞。

"爸，别拍戏了，好吗？"忍了很久，我对他说出了心里话。他盯着我的眼睛："不拍戏？那我干什么？这是我的梦想。""你成不了大明星的，你也当不上男主角。"我继续劝。

"我承认，或许我努力一辈子也成不了大明星，可是又如何呢？只要有戏演就可以了。"父亲说。此时他的眼神无比坚毅，全然不是电影中猥琐的模样。

"那你替我想过吗，你演的都是什么呀？流氓、汉奸……你让我怎么面对？"我实在说不下去了，他为了他的梦想，什么都愿意演，可是我的人生呢？我为什么就要背负上这山一般沉重的包袱？

父亲看着我，不再说话，而他的眼中是深不见底的忧伤。

四

我以为父亲会为此恨透我，毕竟我是他儿子，却将最恶毒的话都对他说了。

出乎意料，他竟然还会主动给我打电话，主动对我说起他的戏，就当我从不曾说过那些伤他心的话一样。

"儿子，老爸这次没再演汉奸，我演了回八路军……"

"儿子，老爸这次演了个'男六号'，是潜伏在敌军内部的卧底……"

"儿子，老爸最近接了个古装戏，猜猜我演了谁？告诉你吧，我终于演了回大将军……"

父亲的电话不间断地打来，总是主动汇报他接演的新角色。我知道，他很在意我说的那番话，他都记在心里了。只是我不知道，跑龙套的父亲对角色的分配有多少选择余地？他要争取到那些正面角色得付出多少努力？

其实我对父亲说出那样一番话后就后悔了。虽然我恨过他，漠视他，但他努力追逐他的梦想又有何错呢？每一部戏里都有好人也有坏人，他只是在塑造角色，我怎能当真呢？

父亲并不知道，我后来曾偷偷去看过他拍电影。那次的戏里，他演一个硬汉，台词不多，最后死得很惨。躲在人群里的我，看着影片中被"乱刀砍死"的父亲，泪水模糊了眼眶。收工后，主要演员都去休息了，他却哼着歌开始忙碌地收拾场地。我远远望着父亲，看着他和剧务组的人边工作边大声说笑，似乎很开心，我想，这或许就是他想要的生活吧。

再接到他的电话时，我会提醒他要注意安全，要吃饱穿暖，要多休息。我知道，或许终其一生，父亲都只是一个跑龙套的演员，成不了大明星，但是又如何呢？演戏是他生命中最热衷的事，是他的梦想。他可以为了一场戏在大冬天毫不犹豫地跳进冰冷刺骨的水里，可以为了塑造他所要演的角色被人打趴在地，甚至把自己装扮得不人不鬼……他和那些让人喜爱的大明星一样，都在努力打拼。他同样值得所有人尊重。

只要有戏演他就开心，只要待在剧组，他的梦想就在延续。我看见的只是父亲在银幕上扮演的小角色，但在他的人生里，他就是自己的主角，他背面也同样精彩，只是我没看见而已。

我的学生叫满川

康哲峰

都知道满川家里贫困,因为他家离学校有六十多公里山路,他却从来没有坐过公共汽车,都是骑着一辆二十世纪七八十年代的"老坦克"叮叮咣咣一路往返,一骑就是四个小时。满川总是穿着校服,因为他的衣服没有比校服更体面。他吃饭从来都是自己一个人,馒头、咸菜丝、玉米粥,三年如一日,没变过。

学校下来贫困补助,我第一个写满川。我随口问:"满川,你家房子怎么样,还是土坯房吗?"满川笑嘻嘻地说:"不是。"我心想:砖的,还行,起码房子还能住人,不算危房。但看看满川营养不良的脸,知道也好不到哪儿去。有一个卖橱柜的女老板和我很熟,一次说想资助一个贫困但学习成绩好的学生,我就把满川推荐给她,她见了一面后,欣然接受。

高考前,满川病了,长期营养不良加上压力大,他羸弱的身体再也承受不住了。整整一个月满川都在家养着,高考总算参加了,出了考场,满川的虚汗湿透衣衫,还是咧了咧嘴,笑得比哭还难看,他说:"老师,我没事。"

分数出来了,满川考了498分,本科线是535分。本来满川是能考上的，由于大病未愈，最后考理综时昏过去一小会儿，老师以为是睡着了，只是推醒他，结果他理综没有发挥好。我想找满川，让他复读，必须复读。可是他家连电话都没有，联系不上。学校知道了，专门派了辆车，让阎主任陪我一块去。

我们在弯曲颠簸的山路上转了两个多小时，才到了那个只知道地名从未涉足过的小山村。在村里一打听，都知道满川，说孩子命苦，摊上个傻爹，不犯病是个半傻子，一犯病是个大疯子，打人，摔东西，一跑就没影儿了，还得让满川娘和满川满山去找。满川很孝顺，一回家就没命地帮娘干活，从不嫌弃爹，即使被打得满脸青肿也会哄着爹回家。

我们听后心里酸得难受。等到了满川家，我的泪水夺眶而出。这是什么家啊！在一道土崖上挖着一个黑乎乎的洞，洞口用半截砖垒着一个门。我这才知道满川说自己家不是土坯房是什么意思。我颤抖着喊："满川，满川。"洞口的门开了，满川探出头，看见是我，赶紧跑出来："老师，老师，你怎么来了？赶紧上屋里。"

我和阎主任一进屋，眼前一黑，没有窗户，没有灯，什么都看不见。等眼睛适应了屋里的光线，看见一个枯瘦的、目光呆滞的中年男人正蹲在地上吃饭，饭桌上还站着一只黑母鸡，和男人一起在锅里啄食着什么。满川赶紧把鸡轰走，找了一圈也没有能坐的东西。又找杯子让我们喝水，还是没找到，我晃晃手中的杯，说带着水呢，别瞎忙了。

满川又赶紧找暖瓶要给我们加水，可是暖瓶都空着。满川窘迫得脸都红了。满川爹呆呆地瞪着我们，不说话，也不动。我和满川说明来意，满川眼神黯淡下来。他说："老师，我不想复读了，我想走专科。"任我怎么劝说，他都涨红着脸坚持自己的想法。阎主任拉拉我的衣袖，低声说："先放放吧，别太着急了。"临走时，我和阎主任留给满川二百元钱，他执意不要，我们谎称是学校给的贫困生补贴，满川才满脸疑惑地收下。

回到学校，汇报情况后，校长非常支持，说只要满川来复读，可以免去一切费用，学校还可以提供勤工俭学的机会。我又联系了资助满川的女老板，她听说满川的情况后，马上决定对满川资助继续到他复读毕业，并表示如果考上大学会赞助部分学费。

带着这么多好消息,我和女老板驱车二度进山找满川。我其实明白,满川之所以坚持走专科,是因为想早点出来挣钱,好尽快支撑起这个家。但是,他不知道现在走专科的学费并不少,毕业后工作却很难找。我解决掉他这一年的后顾之忧,争取这次说动他,让他全力以赴拼搏一年,一步到位上个好本科,彻底改变命运的机会也会更大一些。

这次很幸运地见到了长年在外打工的满川娘,她为了满川专程从外地赶了回来。满川爹看上去干净了很多,也精神了很多。当我们和满川娘交谈时,他也凑在一边听,嘴里还嘟嘟囔囔地说:"这个老师可好了,姓康,我知道,叫哲峰,我也知道,哲峰,哲峰,嘿嘿嘿……"

满川娘叹口气,说:"唉,满川命苦,家里不景气,还摊上这么个傻爹。"满川爹一边不好意思地用手挠着头,一边嘿嘿笑着,"不傻,不傻,不犯病时不太傻,嘿嘿嘿……"

女老板眼窝子浅,看到这种情景,捂着脸跑到一边去了。我一个人表达了学校和女老板的意思。满川娘没有过多的激动,生活的磨难早将一切伤痛磨成了疤又磨成老茧。她只是说:"老师,你对满川好,我们全家都感激,我们什么都不懂,孩子交给你我们放心。"谈好了满川复读的事情,我把一起带来的一些旧衣服、几桶油、一袋大米留给满川娘,满川娘没有拒绝,但是眼神很温暖。

回城时,天色已不早。顺着弯曲颠簸的山路下山时,我回头一望,山尖上还站着一个黑乎乎的身影,我知道,那是满川。夕阳沉醉着疲倦的脸向大山吻去,炊烟里,花喜鹊喳喳叫着把带着粮食香气的静谧撒播到四方。山尖上是一片片灿烂的火烧云,整道山川被沐浴成流动的火红,明天,又是一个响晴的天。

姐姐，你为何如此残酷

吴满群

一

姐姐大我四岁，在我读初三时，姐姐以优异的成绩考到了北京的大学。那时，我们全家人都感觉很骄傲，特别是父母，成天笑容满面。

姐姐是我的榜样和骄傲，我希望像她一样考上北京的大学。我一直很努力地学习，不敢有一丝松懈。我知道姐姐也希望我能到北京读书。她在给我的信中说："小弟，你要努力啊！姐姐在北京等你。"

我没有辜负父母和姐姐的期望，经过四年的努力，终于也考取了北京的大学。父母因为我，再一次风光无限。

我憧憬着到北京后和姐姐在一起的快乐。四年了，因为学业紧张，也因为经济原因，姐姐一次也没有回家，寒暑假她都是在北京打工。

家里收入不多，能寄给姐姐的钱很少。在我升上高中，姐姐读大二后，她基本上不用父母再寄钱过去。她在学习之余打工、做家教，自己挣学费和生活费，偶尔也会寄些钱给我买学习资料。

我到北京读大学时，姐姐已经开始工作，但她似乎很忙。

去之前，父母给姐姐打了电话，要她回来接我过去，但姐姐拒绝了，说："工作忙，才进单位没多久，不好请假。"

我有些惶恐，但很快就释怀了。姐姐当年不也是自己一个人去北京吗？我一个大小伙儿怕什么？但父母还是在电话里对姐姐千叮万嘱，叫她记住我坐的火车车次，准时去接。

二

第一次独自远行，我好奇、紧张，还有些害怕。一路上，我紧盯着自己的行李，不敢合一下眼，也不敢和陌生人说话。

一天一夜后，火车终于抵达北京。望着远处林立的高楼，我的心莫名地激动起来，我终于独自闯到北京了，我也更加急切地想见到姐姐。

有姐姐在，我会安心，她会把我的一切打点好，就像小时候一样，每次吃饭，她都会帮我把饭盛好，端到我面前。

随着拥挤的人流来到出站口，左顾右盼，就是找不到姐姐，我的心在久久寻找不到姐姐时慌乱起来。她是不是忘了？我该怎么办？

我走过来，走过去，四处张望，焦虑不安，身上的包袱愈加沉重起来。

我开始在心里埋怨姐姐，她怎么能忘呢？还好，我看见所在大学迎新生的彩旗在出站口不远处的广场上飘。我径直走了过去。

来到大学后，我一个人忙忙碌碌，报名、找宿舍，杂七杂八的事忙得我头晕。看着那些被家人包围的同学，我心里倏地滋生出一丝怨恨。姐姐，她怎么可以不来接我？要知道，在这陌生的城市，她是我唯一的亲人。

一连几天，姐姐都没有来找我。我打电话回家报平安时，才开口眼泪就不争气地流出来。我说："我到了，一切都很好。"怕父母听出我声音的异样，匆匆挂了电话。

一个人游荡在空旷的大学校园，我第一次感觉到孤单。

有舍友问我在北京是否有亲戚，我摇头说"没有"。那一刻，我真的不想认姐姐。我不明白，她为什么这样待我，我是她唯一的弟弟。

三

姐姐的电话号码我烂熟于心，几次抓起电话想打给她，想想又颓然放下。

到了周末，宿舍里的同学，只要北京有亲戚的都出去了，没有亲戚的也会相约着出去逛街。我哪儿也不想去，躺在床上生姐姐的气。

在信里，她说得那么好，原来都是骗人的。想着，委屈的泪水就浸满眼眶。

姐姐是一个月后才来找我的。

那天傍晚，她来时，我刚好跟同学出去了。回来时，她已经离开，留下了500元生活费，还有两套衣服。

"她真是你姐？你不是说在北京没亲戚吗？"舍友好奇地打听。

我没心情回答，收好钱，却把她买的衣服狠狠地扔到床上。

我知道那钱是父母要她给我的，要不，她可能还不过来。

躺在床上，我翻来覆去，满脑子都是小时候姐姐对我的好。她那么疼爱我，不明白为什么到北京读了大学后，她居然会变得如此冷漠、残酷？

四

年轻的自尊心，脆弱却也骄傲。我在心里暗下决心，一定得靠自己混出个样子来，要不会被她看扁。

我在学校里找勤工俭学的机会，熟悉后又到学校外面的超市找工作。刚开始，因为浓郁的乡音，一开口说话就被人嘲笑，还时常受到排挤。但我忍着，不让自己流泪。姐姐都可以这样对我，别人又怎么不可以？

那是一段艰辛的日子。我不敢落下一堂课，我清楚，这才是我来北京的主要任务。渐渐地，我也习惯了这种紧张的生活。心里还是会痛的，因为姐姐对我这样残酷，这样薄情。

没有她的照顾，我用自己并不坚实的双肩，用自己的双手为自己挣来了生活费用，也一天天成熟和稳重起来，我为自己感到骄傲。

打电话回家时，我对父母说："我在北京一切安好，有姐姐照顾，你们就放心吧！"放下电话，我不会再流泪。

同宿舍的同学很不理解，常会问我："你读书、打工都那么拼命，你姐不是在北京工作吗？难道她没有再给你生活费？"我笑笑，不想回答。

来北京快半年了，我和姐姐都不曾见过面，我也没有打电话给她。她来找过我两次，但我都不在。其实是很想看见姐姐的，四年多的时间没见面了，我很想念她，却总是错过。

四

见面时，是元旦。姐姐买了两套冬装到学校找我。

真的陌生了，我居然没认出她来。四年多的时间把姐姐身上的乡土气息完全抹掉了，但她看起来很疲惫，也没有太多话。很长时间里，我们都在沉默。我转头看窗外飘零的落叶，心里的伤痛暗自潜流，我不明白，彼此相亲相爱的姐弟，怎会如此陌生？

我一直不出声。姐姐看着我，轻声说："不要怪我，四年前，我也是这样过来的，就是现在，我也还是只能靠自己……"

我转过头瞟了她一眼，眼前这个陌生的女子真是我的姐姐吗？她眉心的那颗红痣，那么明显地张扬着，她怎么会不是我姐？

我冷冷地问："姐，是不是城里人都这样冷漠？"

姐姐静静地盯着我，好一阵后才从包里拿出一本书说："看看这本书，安宁的那篇文章，有我想对你说的话。"

站在窗前，我远远地望着姐姐走远的身影，眼角濡湿。

几天后，闲来无聊，我才翻开姐姐留下的书，看了安宁的文章——《无法不对你残酷》。"没有残酷，便没有勇气，这是生活教会我的，而我，只是顺手转交给了刚刚成人的弟弟……"

如出一辙的做法，原来是姐姐的良苦用心。

幸福像芝麻粒

世界如此之大，每个人都微如草芥。生活如此匆忙，我们每天都要为生计奔忙，常常力不从心。可是你、我、他，我们每一个人，在这繁杂的生活中，都有属于自己的幸福。即便那幸福只有芝麻粒那么大，如果细心拾取用心咀嚼，也能尝出香喷喷的滋味。

我的婆

曾维惠

二十年前的那个暑假，我的婆（奶奶，在我们老家的农村叫婆）永远地离开了我。

每到春节，回老家过年，我都会到婆的坟前看看，上上香，烧烧纸钱，而后在心中默念："婆，惠儿来看你来了……"

总爱坐在婆的坟前，想念我的婆。我会想起婆那一头长长的白发，会想起婆那发髻上的银簪，会想起婆那双像松树皮一样的手，会想起婆为我做的棉布鞋，会想起婆经常对我说的那句话："惠儿，来，吃……"

敲击着键盘的我，想起了多年前的那一个个大大的鸡蛋。

我出生在二十世纪七十年代，那时候的农村还很穷，我家更穷，穷得经常揭不开锅。在那些揭不开锅的日子里，我特别爱往婆那里跑，因为婆会把好吃的东西留给我。有时候是一小碗白米稀饭，在那个连粗粮都不够吃的年代，能吃到一小碗白米稀饭，是一件多么奢侈的事情；有时候是几片腊肉，那是大姑、二姑省下来孝敬婆的；有时候是几个苹果、几个桃儿，那是四伯从农场带回来的……

每到生日那天，我会急忙往婆那里跑。

"惠儿，吃鸡蛋。"

"嗯。"

"慢点儿，烫。"

"嗯。"

"好不好吃？"

"好吃。"

"又长大一岁了哟。"

……

我慢慢地剥着鸡蛋壳，好像在剥着属于自己的幸福。然后，我会仔细地打量着剥开来的白白的鸡蛋，轻轻地闻着它的香味儿，再一小块一小块地往嘴里送。

"婆，你也吃。"有时候，我把一小块鸡蛋送到婆的嘴边。

"我不吃，你吃。"婆看着我贪婪的模样，脸上绽放着幸福的笑容。

在那些最最艰难的岁月里，是婆的一个个大大的鸡蛋，伴我过每一个生日，伴着我一岁一岁地长大。

记忆中的婆，眼睛不好，耳朵不好，腿脚也不灵便。

"惠儿，把婆接过来。"妈妈在厨房里喊。

"好咧——"我一边答应着，一边飞跑出家门，朝婆那里跑去。

在那些年的艰难岁月里，只要妈妈让我去把婆接过来，我就知道家里要吃肉了。

我会飞奔到婆的屋里，大声喊："婆，走，去我们那边吃饭。"

婆住的地方离我家不远，走过一条小路，再过一段堰沟便是。但是，婆的眼睛不好，腿脚也不灵便，需要我扶着她出家门。来到堰沟边上，我得先跳进沟里，然后，我的婆慢慢地坐在堰沟沿上，我小心地把婆扶到沟里，婆沿着堰沟走到我家门前的那段堰沟时，我再爬到沟沿上把婆扶上来。婆的眼睛不好，腿脚也不灵便，不能像我们一样行走在堰沟沿上。

吃饭的时候，我会把大块的肉夹进婆的碗里，尽量让婆多吃一点。尽管可以吃的肉并不多，本来就不够吃，虽然我也想多吃几块肉，但我更愿意让婆多吃一点,除了因为爸爸妈妈经常告诉我"要孝敬老人"外,还有一个非常重要的原因就是:我的婆爱我,我也爱我的婆。

"惠儿,来,吃芝麻冰糖。"

"嗯。"

"好不好吃?"

"好吃。"

"再吃点儿。"

"嗯。"

婆最爱把炒过的芝麻和冰糖一起放进石钵里捣碎,然后和着调散开来的生鸡蛋吃。我不喜欢生鸡蛋的味道,但特别喜欢吃芝麻冰糖,舀一勺放进嘴里,慢慢地"咯嘣咯嘣"地嚼,再慢慢地往下咽,嚼完后,嘴里还要"咂巴咂巴"好一阵。如今吃到上等的美食也不如当初那般满足。

我的婆爱我,我也爱我的婆。

从我记事以来,我的婆就是一位老人了。我在大概六七岁的时候,便开始给我的婆洗衣服了。记忆中,我总是端着一个白瓷盆,到堰塘边上,给我的婆洗衣服。我的婆总是穿长衫,她那些灯芯绒的长衫,一旦湿了水,真是很重啊,我总是拧不干婆的衣服,把洗过的衣服晾在晾衣竿上,衣服上的水便唰唰地往下滴,像下雨一样。

"惠儿,走,去看邹胖子。"

听到婆说这样的话,我便知道,我的婆生病了。

从我记事以来,我便无数次地扶着我的婆,沿着那条石子铺成的马路,慢慢地走上一个多小时,到先锋场上的那个叫邹胖子的诊所里去看病。感冒了,咳嗽了,生疮了,肚子疼了……我的婆,都最信任那个叫邹胖子的医生。我会牢牢地记住邹医生在开药时说的话,哪种药要在饭前服,哪种药要在饭后服,哪种药要服几粒……看过了医生,我带着药,扶着我的婆,再走一个多小时的路回家。我会给婆倒好开水,然后按邹医生的交代,每种药倒出几粒来,递到婆的手心里,看着婆把药服下。不懂事的我,看着我的婆服药,仿佛也是一种幸福。

二十年前的那个暑假,我从山区小学回到老家,依旧带着她能吃得动的软软的糖去看她。那时候,我的婆住在五伯家。我的婆絮絮叨叨地给我讲了许多陈年旧事后,对我说:"惠儿,我要洗澡。"

我到五伯的厨房里烧了热水,给婆洗头、洗澡。我慢慢地梳理着婆那长长的白发,而后又轻轻地给婆搓着背,我们之间没有一句话,但我分明感觉到一股幸福的暖流流进了婆的心田,也流进了我的心田。

在我给婆洗过澡不久后的一天,我的婆永远地离开了我。那年,我的婆,八十八岁。

妈妈说:"婆让你给她洗澡,是想让你赶她的寿。"

我的婆,在我不再稀罕白米稀饭、大鸡蛋和芝麻冰糖的时候,把一件她认为最珍贵的礼物送给了我,那就是让我赶上她的寿。

"惠儿,吃鸡蛋。"

透过泪帘,我依稀看见,我的婆递过来一个大大的鸡蛋……

那些记忆,将继续温暖着我以后的岁月。

刻字的红薯

芦台

那年,我到乡下支教,在一所山区中学教语文。这是我们县最偏僻的一个中学,在这里上学的大多是本地贫困家庭的孩子。那些家庭条件稍好的都把孩子送出大山,送到城镇上去上学了,因此,学校生源严重不足,质量也很差。校舍年久失修,残破不堪,老师们也都不安心工作,想尽一切办法调走,师资力量更是薄弱。

学校坐落在一个山坳里,几间东倒西歪的破瓦房,没有围墙。有一个倾斜的操场,冬天可以当滑梯,打球时一不小心,球就会沿着坡一直滚下山谷去。因此,也就没有体育课。下课了,学生总是挤到一块儿打闹,闹得尘土飞扬,上课时,一个个像泥猴。

这样的环境,这样的学生,这样的师资,学校的教育质量可想而知。我其实是因为快要评职称了,才决定来这里支教的。我在这里教的是毕业班,这个学校只有一个毕业班。学生成绩不用说,很糟,我教他们也不很上心,一到星期天就逃命般跑回城里。

日子就这样一天天过去,我到这里转眼已经半年了,对班里的学生多多少少有了一些了解。他们大多衣衫破旧,面目模糊,上课无精打采,一下课就疯跑疯闹。他们放学后都要回家帮家里干活,作业是基本不做的,老师们也没有办法。这里的好多家长并没有指望孩子考上高中,之所以还让孩子上学,是因为孩子还小,多少能认个字,国家又是九年制义务教育,不用家里花钱,这才让孩子上的。一旦中考结束,绝大部分学生是要出去打工的,极少有人考上高中,有的即使考上了也没钱去读。

在这些学生中,我发现了一个特殊的女孩,即使在普遍穿得破旧不堪的学生中,她那身衣服也十分扎眼:明显宽大不合身的男式上衣,上面挂满了破洞,用各色的布补得花花绿绿,简直就是传说中丐帮老大穿的"百衲衣";裤子是农村老大娘穿的那种掩裆裤,上面肥大,下面瘦小,屁股和膝盖上也是补丁叠着补丁,硬得如铠甲一般;最"出色"的要数鞋子,一只是运动鞋,早就没了鞋带,用旧麻绳系着,一只是皮鞋,表面没什么,但是鞋底开裂了。两只鞋底子不一般厚,她走起来就有点一瘸一拐。

她并不美。稀疏的黄发在脑后梳成一根歪斜的小辫,连皮筋头绳都没有,用一根布条扎着。瘦黄的小脸,小小的眼睛,却有一个大大的鼻子,鼻孔还稍有外翻的趋势,总之,看上去和"美"字毫无关系。但她总是微笑着,有着其他女生没有的文静。据说她家里很穷,她娘受不了苦寒的日子跟人跑了,她爹木讷得近于痴傻,只知道牛一样地在地里傻干。

她还有个弟弟,也跟着娘一块儿走了,她心疼她爹,就留下来。人老实,就会被人欺负。在山村也是一样,人穷了,一分钱看得比磨盘还大。村里来了救济的衣物,村里的人扑上去一顿乱抢,而她爹只会在一边傻傻地看着,等尘埃落定,地上没什么能用的东西了,他才拾掇回去,她闺女那身行头就是这么来的。

这个女生叫大红,但是班里的学生都叫她大红薯。她也不恼,微笑着,很温和的样子。这孩子命苦,心思却细腻,干活也吃苦,和她爹在地里苦辛苦劳作,一年也收获几千斤红薯,日子也对付着过下来了,虽然少油没盐,也还像个家的样子。

山里的孩子也是很势利的,因为大红家最穷,就都不和她来往,不但不和她玩还经常一起嘲笑她,甚至欺侮她。班里的卫生基本上都是大红在打扫,黑板是大红擦,甚至按照规定轮流给老师小伙房提水也大多是大红在干。你只要稍稍一留心,就会发现大红的身影无处不在,她一瘸一拐地往沟里倒垃圾,一瘸一拐地提水进伙房,一瘸一拐地在黑板前努力擦最上面的字……但大红始终微笑着,温和地面对这一切,并且,看得出,她很满足。

眼看要过元旦了,山村里的孩子根本就不知道元旦也是节日,他们只记得春节。但是我收到了我城里学生的贺卡。他们用黑脏的小手抚摸着那些精致的纸片,读着上面的"祝老师元旦快乐"。他们叽叽喳喳地问我:"老师,你们城里怎么过元旦节啊?"他们管元旦叫元旦节。我就给他们讲,什么送贺卡啊,开联欢会啊,有的学生还会给老师买小礼物啊。学生们听得津津有味,最后,他们嚷嚷着也要过一个元旦节。接下来的几天,他们兴高采烈地准备着。据我的课代表说他们还准备送我一件礼物。我实在猜不出他们要送我什么礼物。其实我很后悔给他们讲元旦学生给老师买礼物的事情,因为那是城里学生省下几天的零食钱就能轻易办到的,而在这里,学生们从小到大从来就没有吃过零食,更不用说有什么零花钱了。

大红这几天没有了往日的微笑和温和,显得有些焦急。因为学生们都在你两毛我五毛地凑钱。她却一分钱也拿不出来。她家已经好几天没有盐吃了。而且,我前一段时间从城里拿来一些妻子的旧衣服和旧鞋子送给了她,我实在看不下她那身令人心酸的打扮了,心里太难受了。大红穿上妻子的旧衣服像是变了个人,脸每天洗得干干净净,人也显得精神了很多。她怀着感激每天把我的办公室打扫得无比清洁。现在学生们都在凑钱给我买礼物,她却只能在一边看着,所以急得像热锅上的蚂蚁,小脸更显得黄瘦了。

礼物终于买来了,是托到城里卖红薯的村人买来的一个粗陋的相册。全班人却很激动,在扉页上歪歪扭扭写满了名字,除了大红,因为她始终没有凑出一分钱。学生们还办了一场联欢会,在操场上点燃一堆篝火,围着火堆烤上一圈红薯,一边唱一些山里小调和变味的流行歌曲,一边吃着香喷喷的烤红薯。联欢会开得倒是意想不到的热闹,只有一个人始终沉默,并且没有一丝微笑,是大红。

第二天一早，我从床上爬起来，打开门，一股夹着清香的山风吹进屋子，把心里荡涤得格外干净。我精神焕发地准备例行的爬山锻炼，一出门发现地上有一个布袋，里面鼓鼓囊囊的，打开一看，满满一袋红薯，洗得干干净净。谁送的？我拿出一个红薯仔细研究，在靠近蒂把的地方发现两个字，小刀刻的，字迹歪歪扭扭，是"大红"。我微微一笑，这小妮子，自尊心还挺强，非要送我东西不可。这一天，我注意到大红脸上的微笑又回来了，她和我对视的时候，脸上还有一丝羞涩。

转眼就是年关，山里人开始漏粉条、做豆腐，有的人家还要杀猪，当然，肉是要卖给城里人的。城里人最喜欢山里的猪肉，纯天然，无污染，真正的绿色猪肉，能卖个好价钱呢，但山村里毕竟有了年的味道。学校也要放假了，我简单地给学生留了些作业，就让他们回家了。回到宿舍，我开始整理行囊，准备回城。这时发现桌子下的红薯已经有了霉斑，发出一股让人不舒服的味道。

我也没有多想，顺手将它们从窗子里扔了出去，窗外就是倾斜的操场，红薯们打着滚地往下掉，眼看就要滚到山沟里，一双脚将它们挡住了。脚上是一双运动鞋，白色的，系着红鞋带，是妻的旧鞋，是大红的脚。大红走在最后，打扫干净了教室，正往沟里倒垃圾，她挡住红薯，迟疑了一下，弯腰将红薯捡起来，仔细地用袖子擦干净，一只一只小心地放进垃圾筐里，然后向我的窗子看了一眼，就一眼。我羞愧地喊："大红，大红。"她仿佛没有听见，抱着垃圾筐走了，但我分明看见她边走边把脸在胳膊上狠狠地擦着。

我叹了一口气，背上自己的包往山下走去，公共汽车就要来了，不能误点，每天只有这一趟车经过，今天走不了，就得等到明天下午了，学校早没人了，我一个人晚上怎么过呢？

回到城里，我忙着办年货，忙着串亲友，把大红这件事渐渐淡忘了。直到年前的一天，我到集市上买东西，见到山村的一个人，他给我捎来一袋红薯，说是大红让捎给我的，要求一定送到我手中。村人说，可巧，正说不知怎么找你呢，就碰上了。我拿回家，倒出来，红薯一个个红润饱满、干干净净。拿起一只,看到在蒂把那里仍然刻着两个歪歪扭扭的字——大红。心里有一种东西涌上来,眼睛也热辣辣的。

过了年,因为学校的安排,我没能再去支教,一位老师替了我。从此,我就不知道大红的消息了。等支教的老师回来,我赶紧去找他打听。他说:"大红啊,她开学就没来,听说跟着一个招工的走了,一走就杳无音信。唉,这山里孩子的命可真苦!"

我眼前一片模糊,也许是我轻率的行为彻底击碎了大红心里最后的一点希望和温情。我扔掉那些红薯的同时,是不是扔掉了一个女孩的坚强和自尊,也扔掉了一个女孩对生活的渴望和向往?她捎给我红薯时,是不是就下定了决心和我两清了。我给予她的一些物质上的帮助其实是一种变相的施舍,因为我对于她那颗敏感脆弱但充满自尊的心是多么忽略啊!今后,她还会那么不幸吗?她能找到幸福吗?我在心里默默地为她祝愿着。

回到家里,我从冰箱里拿出大红送我的红薯。红薯在冷藏室里保存得好好的,红润饱满,大红刻下的名字也清晰可见。我拿几块在锅里蒸好,满屋子都是红薯香甜的气味。我掰下一块放进嘴里,软软的,甜甜的,我仔细地嚼着,直到嚼出了泪水,嚼出了苦涩。

一碗飘着葱花香的鸡蛋面

芦台

十年了,那碗葱花鸡蛋面的香味却还在我的脑海中凝聚不散,智老师的音容笑貌也在这香味中清晰如昨。

智老师叫智玉丛。她是我高中时的班主任兼语文老师。她和我们一起来到这所高中,我们是她的第一届学生。在我的印象中,她当时穿得很朴素,也并不算美丽,个子一般。总之,她就是一个普普通通的人。但是,她身上有一种沉静的气息,我们这些血气方刚的毛头小子一见到她就浮躁不起来了。

我们最喜欢上她的语文课了,尤其喜欢听她读课文。她的感情随着文章的波澜强烈地起伏着,我们也深深陶醉其中,感受着文学的魅力。从她执教的第一天起,我们全体就都真正喜欢上了语文这门课,这一影响甚至改变了好几个人的生活选择。我们班后来上理工科的有四个同学工作后从事文化事业也与此不无关系。

智老师的性格坚毅中透着一种温和。她对我们的学习要求极严,也对我们的生活关怀备至。我在高中时期不知什么原因总是生病,一米八的个子瘦得像根竹竿,还跟林黛玉似的"行动处如弱柳扶风"。因此,就成了智老师的重点保护对象。

　　至今有一幕仍在我心中铭记。那次，我因发高烧引起了肠胃不适，大吐一番后回宿舍休息。正烧得迷迷糊糊时，一股熟悉的香味钻入了我的鼻孔。我听到桌子上有饭盆的叮当声。随后，一只干爽的带着香味的手印在我的额头。我微微睁开眼，从那双手的指缝中看见智老师痛惜而焦急的脸。因为我当时烧得厉害就又迷糊了过去。当我再次醒来时，发现四周一片素白。原来，我是躺在医院里。班长发现我醒了，就端过来一个饭盆说："阿峰，你总算醒了！你知道吗？智老师在这里守了你一夜，因为还有课，刚刚才走，走时还特意叮嘱我把饭热好了再喂你。"我接过来，那股熟悉至极的香味又钻入我的鼻孔，我知道这是智老师亲手做的葱花鸡蛋面。自从我第一次生病说想吃妈妈做的葱花鸡蛋面后，每次我病了，总会有一碗香喷喷的葱花鸡蛋面端到我的面前。两年了，我不知道吃了多少碗面了，可是这一次我再也忍不住眼中蓄积已久的泪水。

　　五年之后，我从师大中文系毕业，也成为一名语文教师，也做了班主任。我像智老师当年对待我一样尽心地对待我的学生。因为高中时那一碗碗葱花鸡蛋面的香味一直萦绕在我的心里，给了我灵魂无比丰富的滋养。我因此获得了学生的爱戴和教学的成功。

　　十年后，在一次师生聚会上畅谈畅饮之后要上主食，我脱口而出"来一碗葱花鸡蛋面"，别人都笑了起来。智老师也笑着说："当年你一生病就想吃你妈妈做的葱花鸡蛋面，我还专门打电话向你妈妈请教了如何配料和操作。只是不知你吃了，是不是感觉和你妈妈做的一样。"泪水一下子又润湿了我的双眼，原来当年那碗面里还藏有这样一个小秘密。我一下子明白了那面好吃的原因：那里面除了老师的恩情，还有着母亲一样的爱啊！

分数的秘密

康哲峰

这是藏在我心中多年的一个秘密，也是一个谜。

那年，骄阳似火的八月，我和一帮难兄难弟到母校复读。

三年的放纵让我在高考中付出沉重代价，高考满分750分，我只考了350分。没有学校会录取我，这毫无悬念。当我背着行李又站到母校楼前，我才真正感受到什么叫耻辱，什么叫悲壮。

仿佛一夜之间我就彻底成熟。篮球场上再也看不到我的龙腾虎跃，游戏厅里也找不到我的如疯似癫，摇滚磁带早已束之高阁，武侠小说也当废纸卖掉。我的生活中只剩下"学习"两个字。

当你专注于一件事时，是感觉不到时间的流逝的。转眼七月又近，我糟糕的基础让我的成绩一直不能实现大的飞跃。沮丧如同一片巨大的乌云笼罩在我的心头，我眼中的一切就像我渺茫的未来一样暗淡无光。

第一次模拟考试结束了，老师宣布名次。我懒洋洋地趴在桌子上，漫不经心地等待着那个基本属于我的不上不下的一个名次。当老师宣布到第十三名时，我的耳边不啻爆响了一枚小型核弹，连桌子都仿佛剧烈颤动了一番。因为，那是我的名字，我清清楚楚听到的。

在最初的眩晕过后，我内心的震惊依然剧烈。直到试卷发下来，我才明白其中的原委。原来，我的数学试卷上的分数是61，可是老师写得太潦草，6写得分了家，看上去更像101，统计总分时按的是101，我一下子多了40分，所以名次也提升了很多。我成了我们班复读生的"偶像"。当别人用嫉妒、羡慕、惊讶、钦佩、崇拜种种复杂的目光看着我时，我心理上得到极大满足。原来学习好了是这样的滋味啊，我以前可真没享受过。那心情就像在大雪天儿裹着老羊皮袄，就着烤肉喝烧酒，暖洋洋啊暖洋洋！

我没有把这个秘密告诉任何人，因为，学校为了优待尖子生，为每班前十五名的学生开辟了一间单独的自习室，一人一张桌子，每天有专人洒水清扫三遍，电扇比教室多一倍，还可以日夜不停。这可是饱受大教室里人挨人、人挤人之苦的我梦寐以求的啊！

我如愿以偿可以堂而皇之地到"贵宾自习室"学习了，可是心里总发虚，有一种偷了东西的感觉。但享受到尖子生的待遇让我的贼胆变大了，同时，我也感受到巨大压力，因为第二次模拟考试即将来临，真相将在那时大白于天下。我越想越怕，一摸脑袋，一头冷汗。咋办？学吧！死也要死个轰轰烈烈。我把命都豁出去了，除了吃饭，连上厕所我都控制次数，睡觉也控制在五个小时以内。另外，我还用两根香肠贿赂了数学尖子张大平，让他不分昼夜地随时解答我的数学疑问。经过一个月的魔鬼训练之后，第二次模拟考试终于到来。

成绩出来了，念名次时，我仍趴在桌子上，耳朵却像竖起的雷达捕捉着教室的里每一丝信息。第十三名不是我，十四名也不是我，一切努力都如东流之水，一去不返啦……我脑袋沉重地顶在桌面上，嗓子发堵，眼睛发酸。"第十五名，康哲峰。"老师终于读出我的名字。上帝啊！你为什么要这样戏弄你的孩子呢？我转悲为喜的心差点因为经受不住剧烈变化而爆成碎片。虽然没有上次名次高，但这次是真的，绝对真实。我终于通过努力将那点虚荣心变成了信心，真正地跻身于尖子生之列，虽然是在尾巴梢上，我也乐得三天没合拢嘴，以至于张大平见我总要敲敲我的脑袋，看是不是发神经。

后来，挟"二模"余威，我一路过关斩将，顺利考上大学。

再后来，我反复琢磨这件事，"一模"那个 61 分究竟是老师的疏忽呢，还是老师故意的呢？我的数学成绩在此之前基本是被老师判了死刑的，一个每次只考四五十分的学生突然考了 101 分，老师难道一点也不惊奇吗，不去研究一下他的试卷吗？如果老师发现错了，为什么不去改正呢？这些疑问一直缠绕在我的心中，让我百思不得其解。

毕业后，我分配到一中，从前的数学老师正是我的年级主任。他经常跟我们说两句话：一句是"在考试中，有些非智力因素会起到关键性作用"；另一句是"学生的信心就像变压器，会把我们输进的电流增强变大，所以培养学生的信心至关重要"。从他这两句话中我感悟了很多，也获益很多。没多久，我就成了学科骨干，那个藏在我心中关于 61 和 101 的谜我也从未向主任问过。因为，我觉得，有些谜不一定非要揭开谜底。

如果幸福像芝麻粒

卫宣利

街上打烧饼的,是一对父子。一间小屋,一架炉子,外面是父亲,黑瘦,头发花白,微微佝偻着背,脸上总有和蔼的笑。他负责翻饼、收钱,有时一堆人围着,他也记得先来后到,按顺序给饼,从未出错。里面是儿子,红润的脸,结实的手臂,白色的T恤和围裙,发型却很时尚,蓬松着,染了彩色,看年龄应该是80后。他的面前,一张案板,一堆面,他揉面、拍饼,不过几秒,一个饼便成形。每次看见他,都是大汗淋漓。

他家的饼与别家的不同,外焦里软,烙得金黄的饼上,星星点点地落着些芝麻粒,咬一口,脆生生的焦,软乎乎的香,慢慢去嚼,那些小小的芝麻粒让你口腹生香。

我吃惯了他家的烧饼,每天傍晚都去。有时候人多,一群人都静静地等,看着他们父子紧张有序地忙活。后来有一天,小店忽然挂了"暂停营业"的牌子。我傍晚从店门前过,心里竟有淡淡的失落,猜测着,不做了吗,还是家里出了什么事?十几天后,忽然发现他们重新开门了,不同的是,老爷子的位置换成了一位年轻妩媚的女子。这才知道,原来小伙子回家结婚去了。我冲小伙子心领神会地笑,一直担忧的心,仿佛落到了实处,安然而快乐。小伙子回我一个羞涩的笑,溢满幸福。

小区里收废品的,是一对夫妻。车库旁边的角落里,有一间小小的房,他们收来的废品都暂时存放在那里。女人不识字,极俗,嗓门大,自来熟。我们小区的邻居互不认识,她却见谁都打招呼,亲热得像自家亲人。男人不大爱说话,黑红的脸,衣衫破旧,却极细致,收来的乱七八糟的废品,他都耐心地捆扎整齐。有一次,我看到他用收来的包装条编提篮,居然有漂亮的花纹。我忍不住夸赞他,他憨憨一笑,慷慨地把提篮送给我,说:"买菜用,省得用塑料袋。"

有一天我从外面回来,正碰上他们去卖废品。男人骑着三轮车,女人骑自行车与他同行。他们从我身边走过时,我忽然发现女人的左手并没有放在自己的车把上,而是握着男人扶车把的手。我呆呆地看着他们远去,心怦然而动。这对生活在最底层的夫妻,竟然把牵手这两个字诠释得如此美丽。

夏夜,逛街回来,已经华灯初上。路过邮局,看见一个流浪汉正在门前布置自己的寝具。他打开随身的黑乎乎的包袱,取出凉席和被子,居然还有枕头。一样一样细致地摆放好后,我以为他要结束一天的奔波,安然地睡个觉了。却没有,他盘起腿坐在"床"上,从包袱里又掏出一样东西,等他摆弄好,我才发现那是一盘木制的象棋,很廉价的那种。路灯昏黄的光打在他的棋盘上,有点暗,但是已经足以让他在楚河汉界上厮杀了。他在别人的屋檐下,在自己的江湖里,在这样一个微风习习的夏天的夜晚,开始惬意地释放自己的灵魂,做自己的英雄。也许明天,他又要为果腹而奔忙,但是这一刻,他面容安详,目光沉静,像一个运筹帷幄的大师。

世界如此之大,每个人都微如草芥。生活如此匆忙,我们每天都要为生计奔忙,常常力不从心。可是你,我,他,我们每一个人,在这繁杂的生活中,都有属于自己的幸福。即便那幸福只有芝麻粒那么大,如果细心拾取、用心咀嚼,也能尝出香喷喷的滋味。

妈妈爱吃什么菜

千江雪

妈妈爱吃什么菜?

提出这个问题,是在一次朋友的聚会上。那天,大家聊得海阔天空,吃得大汗淋漓,都很尽兴。临近酒席结束,一位朋友忽然叫过服务员,说:"再加一个酱烧鸡翅。"大家赶紧阻止:"都吃饱了,别浪费。"朋友笑笑,继续交代服务员:"鸡翅烧烂些,多放姜,加黄酒,烧好了给我打包。"

大家这才明白,原来他是要带回家去吃啊。朋友转回身来,笑问大家:"谁知道妈妈爱吃什么菜?"这意外的问话让大家都愣住了。是啊,妈妈爱吃什么菜?还真没注意过。

朋友接着说:"以前,我和大家一样,每次回家去,妈妈都会做一桌子我爱吃的菜,蜜汁排骨、辣炒虾仁、糖醋鱼……吃饭时,她总是坐在我身边,目不转睛地看着我吃,自己却一口不吃。哪个菜我多夹了两口,她便喜得眉眼含笑;哪个菜我吃得少,她又愁得眉头深锁,一个劲儿地自责检讨,说肉烧老了味重了……直到有一次在超市里,一起去的朋友说:'买些你妈爱吃的菜带回去吧,你妈喜欢吃什么菜?'我一下子愣在那里,是啊,我妈爱吃什么菜?她知道我喜甜嗜辣,知道我不吃香菜,知道我每顿离不了青菜，而我竟如此粗心，从未留意过她喜欢吃什么。后来我开始留心，看她究竟爱吃什么菜。可是她从来不和我们一起吃饭，总是等大家吃完了她才开始吃。似乎我爱吃的菜她都不爱吃，那些我不喜欢吃的剩菜，她却吃得津津有味。直到那次外婆过生日，席间，我年逾八旬、耳聋目浊的老外婆特意把那盘酱烧鸡翅转过来，一个劲儿地往我妈碗里夹，嘴里含混地小声嘟哝着'你最爱吃的鸡翅，多吃点，多吃点'。"

朋友的眼睛有些湿润，他继续说："从那以后我就养成了习惯，每次出去吃饭，都要点一个酱烧鸡翅给我妈带回去，我也在学着做这道菜，总有一天，我要亲自做给她吃……在爱的天平上，我们和父母之间总是倾斜的，他们的砝码永远比我们重……"

大家都沉默了，或许每个人都在思索：妈妈，到底爱吃什么菜？我想起自己，上次妈妈生病我回去看她，在超市转来转去，最后带回去的却是爸爸爱吃的牛肉。妈妈爱吃什么菜？这个看似简单的问题，却考验着我们每一个儿女的心：对这个在家庭里默默付出、任劳任怨的女人，我们是不是忽略得太久？

大约每一个家庭的餐桌上，妈妈都是最后一个离开的人。她在厨房里辛苦忙碌，做一桌子的美味佳肴，自己却是最后一个上餐桌的人。吃完饭，她清理掉我们留下的剩饭剩菜，涮洗碗筷整理厨房。她把我们每个人的饮食喜好都牢牢记在心里，唯独忽略了她自己。

妈妈爱吃什么菜？我们每一个做儿女的，都应该认真地问问自己。

因为爱你

她想起过往的种种,心刹那间被击中。她明白了,为什么面对她的任性、霸道、蛮不讲理,一向好胜的母亲,却总是心甘情愿地输。那只是因为,她是她最爱的那一个。她已不再追究自己究竟是不是他们亲生的女儿,因为母亲已经用她一次次的认输告诉自己:她爱她,一辈子。

一段路，三个人

萱萱

一

他们俩都老了。

最近两年，她很健忘，炒菜时会放双份的盐，泡好的花生米总是忘了放盐；睡到半夜醒过来，会重新穿好衣服，去各个房间里检查窗户和灯有没有关好；去买菜，付了钱却忘了拿菜。她还多疑，半夜起来，摸黑到爸的房间里，叫几声叫不醒他，便慌忙伸手去探他的鼻息，被折腾醒的爸骂上一顿，她才放心地回房去睡。她有糖尿病，视力下降得很厉害，有时她会趴到我的电脑屏幕上，想看看我写的字，只能看得一团模糊，她便很生自己的气。她的睡眠也不好，她和我睡一个房间，半夜醒了睡不着，就靠在床上，有一句没一句地和我闲聊。她会突然很忧虑：要是有一天你被哪个地方调走了，我们老了，不能跟你去，谁来照顾你？然后她又学着歌里的词自言自语："阿弥陀佛保佑你，愿你有个好身体……"

他的脾气还是那么暴，妈熬的粥糊了锅底，他一闻味儿就摔了筷子。

有时他故意挑刺，菜淡的时候他说咸，咸的时候他又嫌淡，非吼上几嗓子才舒服。他的记忆力也衰退得很厉害，看过的电视情节第二天就忘了，代我去银行取钱，光密码就打电话问了我三次。他好像越来越胆小，心口痛一下就很惶恐。平时精神很足的他忽然贪睡，这也让他很不安。有一次他推我去逛商场，在男装柜台，他看中了一套浅灰色的西服，换上后去照镜子，他被镜子里那个一头灰白头发、脸上布满深一道浅一道的皱纹的老头吓了一跳，他不相信地转身问我："妞儿，爸爸已经这么老了吗？爸爸从前穿上这样的衣服可是很帅呢。"然后他很伤感地说："不知道爸爸还能陪你多久……"

　　是的，他们俩都老了。看着他们一天天地走向衰老，是件残酷而无奈的事情。我无法计算他们还能陪伴我的时间，只觉得这样的每一时每一分，都是上天对我的恩赐。有时候在很深的夜里，听着他们俩一个在我旁边，一个在我隔壁，发出均匀的呼吸，我会觉得幸福。甚至他们叮叮当当地吵架，也让我觉得，幸福就是这样触手可及。

二

　　二十多年来，我和他们俩分开的时间屈指可数。

　　曾经有一段时间，我是梦想高飞的。我听不得她的粗声大嗓和拖沓的脚步声，看不得她胡乱披件衣裳、趿着拖鞋、翘着一头乱发在灶旁烧饭的邋遢样儿；她总是在抱怨，张嘴就是"跟了你爸，没过一天好日子"；她还吝啬，我晚上写作业也会招她骂，她嫌我浪费电。还有他，虚荣，爱吹牛，没有个主心骨，脾气那么坏，动不动就和她吵架。家像个战场，到处弥漫着硝烟。

　　那时候，我是梦想要逃离的。年年第一的好成绩，不过是为了给自己一个离开的机会。到县城读高中后，耳边没有了她的唠叨、他的怒吼，忽然之间，世界变得如此安稳静好。我走在桂花飘香的校园里，脚步都是愉悦飞扬的。

可是，仅仅两年之后，我便被打回原形——读高三那年，在过马路时，我被一辆车给撞了。

躺在医院的病床上，听着她在门外哭得肝肠寸断，他蹲在我的床头旁把烟抽得满屋子乌烟瘴气，我的心绝望而悲凉。我已经不再奢望离开，因为我的腿成了摆设，再不能给我行走离开的机会。上帝用这样一种方式再次将我搁置在他们之间，似乎是在考验他们：这样一个孩子，你们还要不要？

她还是那么邋遢，大清早蓬头垢面地出去为我买早餐，回来后粗声大嗓地跟我说："从广场经过时，看见上学的学生，和你一样的年龄，骑着自行车，跑那么快。我就想，咱们妞儿要是还能像他们那样背着书包去上学，让我做牛做马都乐意……"说着她的泪就落了下来。她一直那么泼辣，和爸吵架最厉害的时候，也没见她哭过。

他最见不得护士给我扎针。那次一个新来的护士，连换了五个地方都没找着血管，他便恼了，一把推开那个护士，赶紧拿热毛巾敷在我的手上，回头冲护士嚷："瞧瞧把妞儿的手扎成啥样了，你以为那是木头啊？"

他背着我去五楼做脊椎穿刺，去三楼做电疗，再去一楼的双杠那里练习走路。五十多岁的人了，一趟下来累得气都喘不过来。我趴在他的背上，附在他的耳边说："爸，以后要是没人要我，你可得背我一辈子。"他取笑我："你这么重，不赶紧学会自己走路，谁背得动啊？"她跟在后面，想帮忙又使不上劲，嘴里咋咋呼呼的，让他抓紧我的腿、让他停下来歇歇、让他注意脚下路滑。他和我都听得不耐烦，免不了顶她两句，她便赌气不理我们。但隔不到两分钟，她就又唠叨开了。

三

以前，他靠着一手电焊的手艺开了个电气焊维修铺，给人修修补补，日子也过得去。我病了后，他们俩带着我东奔西跑地看病，钱花光了，铺子没人打理，也关了。可是还得生活，他就在建筑工地上给新建的楼房焊楼梯和钢架。工头开始不要他，嫌他年龄大，不能上脚手架，也怕活重他支撑不下来。他百般恳求,仗着手艺好才留下的。

每天早上五点,他们俩准时起床,一起陪我练习用双拐走路。然后他上工地,她在家照顾我。晚上他从工地上回来,脸都顾不上洗,先奔到我的房间里,看我好好的才放心。他一个月挣的钱全都给我买了药。没完没了的中药西药,直喝得我后来看见药就想吐,却一点效果都没有。

我不能再去学校了,每天坐在房檐下,看天看地看墙角的蚂蚁。我的心越来越敏感,怕见人、怕天黑,容不得他们对我丝毫的忽略和懈怠。有一次她给我倒水,水太烫,我抬手就掀翻了床头柜,水壶、茶杯、药瓶哗啦碎了一地。她接受不了我突然变坏的脾气,一把扯下身上的围裙摔在地上,委屈的泪在眼眶里打转,冲我嚷:就是你雇的保姆也不能这么粗暴对待吧?老娘我不伺候了……

她真的走了,没有她拖拖拉拉的脚步声,听不到她絮絮叨叨的抱怨,家变得沉寂。我躺在床上,盯着天花板,心一点一点地跌入黑暗的深渊。我突然害怕起来:她不会真的不要我了吧?

然而她很快就回来了,捧着一堆旧杂志,若无其事地对我说:"我在外面遇见一个收破烂的,我看这些兴许你还能看,就买回来了。十几本呢,才花了三块钱……"她很为自己讨了便宜而得意。

那天晚上,我迟疑地问她:"要是我再惹你生气,你会丢下我不管吗?"她反问我:"如果你只有一个宝贝,你会舍得扔了她吗?"然后她又说,"其实我根本没走远,我怕你万一有事叫我,我听不到……"

他们俩都没念过几年书,没什么文化。可是我喜欢书,他在工地上看到谁有书,一定会死乞百赖地跟人家借回来给我看,她看见别人包东西的报纸,也会揭下来带给我。我就从那时候开始学着写东西,我渴望用一种方式来证明自己存在的价值。

我慢慢开始发表一些文字,他们便拿着有我文章的杂志四处跟人炫耀:"别看我家妞儿天天在家里坐着,可比你们知道得多呢。知道不,这书上的字就是她写的……"他们俩都成了我的超级粉丝,我也确确实实成了他们最宠爱的宝贝。她再也不唠叨我看书费电了,只是每天晚上一遍遍地催我睡觉。有一次，我跟她说我要写长篇小说，然后又说写长篇很费精力，有个作家就是写小说累死了。她便很紧张，连说那咱不写小说了，人没了，写再好有什么用？

四

就这样，一段路，三个人，相扶相携，磕磕绊绊，到今天，已经走了二十九年。

他们的身体一直都不太好，他血压高，心脏也有问题；她糖尿病十多年，最轻的感冒都能引发一系列的病症。那次陪他们去医院看病，在医院门口，他将老年代步车停在向阳的地方，将自己的外套脱下来盖在我腿上，又叮嘱我在车上等着不要着急，才和她相扶着进了门诊部。

我看着她挽着他的胳膊往前走，很相爱的样子。可是，那苍老的背影，迟缓的步履，还是把我的心深深刺痛。旁边一起看病的老人都是由子女搀着进去，而我却只能这样坐着等他们回来。我想象着他们一个一个窗口挨着去排队，挂号，化验，检查，互相安慰，等待结果，谦卑地笑着跟人打听化验室在几楼，忐忑不安地躺在CT机上……心里就火辣辣地痛。

为人父母，他们生我、养我，已尽责任。而我病后十二年，四千多个日子，他们跟着我辗转起伏，苦涩，心酸，欣喜，忧虑，种种滋味统统尝遍，粗糙的心早已磨砺得温柔似水。他们花在我身上的心血和精力，没有任何仪器可以称量。

他们已经接受了我不能走路的事实，我却无法接受。倘若有一天他们卧病在床，我甚至不能亲手给他们做一碗热汤面。那一刻，我一直骄傲的心，终会被这种无能为力彻底击败。泪，从眼角慢慢地溢出来，无可扼制。

我和我的父母

罗礼胜

一

老爸是个很严肃的人，平时不苟言笑。他在一家国营单位上班，混了二十年还只是个普通职员。我知道，他讨厌勾心斗角的竞争，闲暇时喜欢品茗、阅读和写作。

写作才是老爸的人生目标吧！不喜欢应酬的他，每天按时上下班，回家后买买菜、煮煮饭，晚上在小区散步一圈后，回家烧水、洗杯，为自己泡上一杯香气四溢的清茶。每每这个时候，他会摁亮书桌上的台灯，开始阅读。好一阵后，才打开电脑开始他的创作。

老妈也上班，工作比较忙碌，回家后常喊累。老爸就会在她瘫坐沙发时为她端上一杯凉白开，任她唠叨，并不打断。老妈发泄完工作中郁积的情绪后就精神一振，像换了个人一样进厨房为家人烧菜。她的烹饪技术很不错，更难得的是，她很谦虚，很有学习和创新精神。每当在微信朋友圈里看见别人分享一道色香味俱全的新菜品，她定会刨根问底，直到自己也能烧出一道同水准的菜肴。老妈常说，看见大家喜欢吃她烧的菜，再辛苦也值得，而且有满满的成就感。

  老妈眉飞色舞地炫耀她的厨艺时，老爸严肃的脸将不再严肃，他微笑地望着她，那表情里有满满的欣赏，还有欣慰。他会深情款款地说："真的不错！"我很受不了他们这样，于是大煞风景地嚷："肉麻死了！"其实，我很喜欢看见老爸这副表情，如果他对我也能这样满怀耐心，一脸慈爱就好了。只可惜，我们是父子，他在我面前总爱摆出高高在上的"家长威信"，让我不敢造次。

二

  我曾从外婆那里听到一些老爸和老妈当时的恋爱故事。"这么浪漫呀！"在外婆还在絮絮叨叨时，我不禁感叹。

  还真没想到，老爸这么严肃、古板的人，竟然也有这么浪漫、刺激的往事。不过，毕竟老爸是业余作家，大部分的作家都有浪漫的情怀，他也不例外吧。

  老爸出版过几本书，常有文章在各类杂志上发表。我看过不少他写的文章，他平时写小说居多，偶尔也写游记和个人风格很明显的散文。"我手写我心"，这是老爸常说的，也是他一直在努力追求的。他文章中的那些浪漫情怀或许才是老爸内心真实的世界吧。

  外婆还说，老爸老妈以前喜欢唱歌、跳舞。这个我确信，在我的记忆中，老爸单独带我玩时，曾教过我唱《亲亲我的宝贝》。老爸的声音浑厚，他唱歌时，喜欢把我搂在怀里轻轻摇晃，只是摇着摇着我就睡着了。

  我渐渐长大后，老爸就没再在我面前唱过歌，如果不是外婆提起，我倒忘记了这事。现在的老爸在我眼中，多是不怒自威的，或许父子间就是这样吧。有时，我会羡慕别人家"多年父子成兄弟"的亲密关系，但想想，如果老爸真把我当成"兄弟"，我也会不习惯吧。

  我和老妈的关系亲昵一些，毕竟从小到大，她是陪在我身边时间最长的人。从小时候起，我所有的秘密都会告诉她，比如我在幼儿园喜欢的小女孩。老妈不会笑话我,她总是很认真地听我说完话,然后煞有介事地跟我讨论。从老妈那里,我知道了,一个男孩,不是长得帅就可以了,男孩要有责任感、有担当,更要努力,有一颗温柔、善良的心。

或许老爸就是这样的男人吧,老妈希望我长大后也能成为这样的人。可能每对父母都在潜意识里在把自己的孩子培养成自己想成为的那种人。我不知道以后我会不会成为让父母骄傲的儿子,但我一定会朝这个方向努力。

三

表面无忧无虑的我其实也有自己的烦恼,可能就是别人说的"青春叛逆期综合症",过去就好了,但我真的不希望为此疏远了和父母的感情,不想让他们伤心、难过。

我十五岁了,有自己的想法、自己的朋友,我想按照自己的意愿行事,时常想逃脱父母的掌控。但我感觉得到,父母还是希望我事事都听从他们的指派。其实有时候,父母的话也是对的,但我就是听不进去,觉得他们不够了解我,读不懂已经不再是小孩的我那些细密、绵长的心思。我需要被重视,被当成大人的那种"尊重"。

因为他们的误解,我会很生气。记得去年我的生日,我早早就策划好要和同学一起过。我的生日正好在周末,朋友们一起帮我安排到郊外烧烤,然后一起做游戏、拍照。我还想好了,晚上在家和父母一块过。

只是当我向父母提出我的想法时,我的话还没说完,就被老妈打断了,她提出周末要我陪她回外婆家,在外婆家吃晚饭、过生日。"我都和朋友们约好了,怎能轻易爽约呢?"我努力争取。"你多久没看见你外婆了,你个白眼狼,小时候你外婆对你的好,你都忘记了?"老妈一急,就开始训我,说我不爱外婆了。

事实根本不是这样,我只是计划白天和朋友出去郊游、烧烤,晚上在家或是去外婆家,我都可以,老妈怎么能因此说我不爱外婆呢?还骂我"白眼狼"？太过分了。我不依不饶地和她顶撞起来。老爸不说话还好，他一开口，更是火上浇油。他竟然说："听你妈妈的话，你们一群孩子自己去烧烤，多危险呀，万一把山烧着了怎么办？"

"爸，你说什么呢？我们又不是几岁的小孩，我们会照顾好自己的。我的朋友们都经常出去玩，只有我，去哪你们都要跟在身边，一点儿自由都没有。"我辩解。

"你什么都不会做，我能放心让你出去吗？还自己烧烤？你能烤熟吗？别吃生肉吃出病来，到时别人的父母就全来找我们的麻烦了……你能负责吗？"

老妈见老爸声援她，气势骤然高涨，一起讨伐我。他们的问题把我吓着了，我确实没考虑过那些结果，但我心里很委屈，我不是小孩了，我只是想单独和朋友们出去玩，有那么难吗？我总得自己学会长大吧，不去尝试，我怎能知道自己什么东西还不会？

四

我也不知道具体从哪天开始，我和父母间渐渐有了隔阂。我不再把心事告诉妈妈，不再把她当成无话不谈的好朋友，我觉得，如果我说的她不理解，我会更难接受。可能是因为去年的生日不欢而散吧，也可能是那次讨论问题时，我嘲笑她无知，把她气哭了。

有一次，老妈闲来无事就和我讨论我的未来。我对自己的未来充满幻想，我有许多要做的事，我甚至想出国。在我沉浸在自己的世界里，向老妈描绘我所憧憬的宏伟蓝图时，她不经意地插了一句："你的计划里，怎么都没有我和你爸呀？""我说的是我的未来，又不是你们的，我总不能一辈子待在你们身边吧？"我如实说。

没想到，老妈一下就生气了，但她强忍住忧伤，说："在我和你爸的计划里，你从来都是第一位，可你的计划里，却没有我们。"我当时没留意到老妈已经在忍，还说："妈，你太狭隘了吧？你们有你们的生活，我也该有我的。我是你们的孩子,但不是附属品。你太无知了,都什么年代了,孩子还会一辈子和父母生活在一起呀……"

"我就说你是只'白眼狼',现在还得靠我们养你,你就计划着以后抛弃我们……你太让我失望了。"老妈说话时,脸上居然挂着泪珠,一副伤心欲绝的模样。

见她这样,又听她骂我"白眼狼",我便赌气地说:"是你要跟我聊我的未来,现在又生气了,还骂我,你怎么这样难侍候呀?你的计划里,又有多少是属于外婆的?我从来没有说不要你们,只是我的未来就该是属于我自己的。"

在我们争执时,老爸回来了。他一见我们脸上气乎乎的表情就知道情况有异,于是凑过来问。我添油加醋把事情说了,临末还追问一句:"我们每个人不是都应该有自己的生活和未来吗?"老爸点头附和,这一下却捅到"马蜂窝"了,果然老妈大发雷霆。

"我们是家人,彼此的未来和生活都是紧密关联的,儿子,你妈也是因为爱你,而不是想干涉你,去吧,给她道个歉,看你把她气的。"老爸说。

我知道他是想缓和气氛,但他没想到,我已经不是那个他让我道歉我就会道歉的小孩了。我拒绝道歉,冷哼一声,把自己关进房间。

老妈气了一整天。老爸悄悄把我叫出屋外,与我展开两个"男人"间的对话。他首先肯定了我的独立思想和对未来的憧憬,但话锋一转,他又说:"家人间的彼此关爱,并不会干涉到未来。我们有自己的生活方式,你也该有你的。一家人总得求同存异,既保持个性,也不会因此疏远……"

老爸说了很多,他把我当成"大人"一样对话,让我很开心,我渐渐认同了他的观点。确实如此,很多时候,我们当孩子的,总希望父母能够了解我们,读懂我们,但我们又有多了解他们呢?他们也需要被理解,毕竟所有的父母都只是凡人,他们并非圣贤,更不是神。

"无论对谁,包容和理解都是最佳的相处方式。"这是我在一本书上看见的,我想,我们和父母之间,也应该是这个道理。

妈妈的拿手菜

绚丽

和朋友一起出去吃饭,满桌子的美味佳肴,朋友却叹着气说:"真想吃妈妈做的红烧肉啊!"便有其他人应和:"我们都来说说妈妈的拿手菜吧。"大家一致赞同,气氛马上热烈起来。

第一位朋友说:"其实妈妈的厨艺很一般,不过,妈妈做的红烧肉,却非常好吃。这么多年,天南地北地跑,没有哪家饭店做出来的红烧肉能比得上妈妈做的。小时候家里穷,每个月能吃上一次肉就是很幸福的事了。每次不光把肉吃得干干净净,连盘子里剩下的汁也浇进米饭里,吃得喷喷香。"

他点燃一支烟,幽幽地说:"可能是肉吃得太多了,前几年,先是查出高血脂,然后又是脂肪肝,肉成了头等大忌。不能吃肉,每天真是食不甘味。一天,妈妈突然给我送来一饭盒金黄油亮的红烧肉。她说:'听医生讲,猪肉炖三个小时脂肪就去尽了。这肉,我炖了三个多小时,你看你看,一点油都没有,绝对的健康食品……'妈妈详细地教我红烧肉的做法,因为怕哪天她不在了,没有人做给我吃。现在我爱人和孩子都喜欢吃我做的红烧肉,但我总觉得没妈妈做得好吃,那种熟悉的味道永远都找不到了。"

他顿了顿,神态黯然地说,"去年,妈妈去世了。"说完便端起酒杯,一饮而尽。

一桌子的人,眼圈都红了。

第二位是个秀气的女孩。她说:"我从小就有一怪癖,吃不得肉。瘦肉还好,肥肉根本碰不得,连带着包子、饺子、馄饨,凡是带肉馅的食物统统拒绝。这样子到十几岁,同龄女孩都发育了,而我,瘦得像根豆芽菜,个头也是班上最矮的。这让妈妈感觉很失败。后来我到外地读书,有一年回家,餐桌上竟多了一盘红烧蹄髈。爸妈鼓动我尝尝,不得已,便去挑瘦肉吃,没想到入口又香又糯,口感醇厚。看我吃得满嘴流油,妈妈便很得意。爸爸在旁边说,你妈为了这道菜,见人就问,问完了自己躲在厨房里烧,还逼着我们吃她烧坏的蹄髈。现在是好吃,可是那烧坏的,你不知道有多难吃,不是咸得发苦,就是韧劲十足,怎么都嚼不烂……妈妈在旁边听着,也不争辩,只是满足地笑。后来,这道红烧蹄髈便成了妈妈的拿手菜。每次回家,妈妈都要下厨去做。虽然我并没有像妈妈希望的那样胖起来,但那道红烧蹄髈,以及妈妈细腻绵长的爱,都已被我全部吃到胃里,让身体吸收,心灵受益。"

第三位朋友说:"我妈妈最拿手的,不是菜,是面条,糊涂面条。"大家哄笑,他却正色道:"糊涂面其实是北方最常见的一种面食,做法也很简单:先在锅里放进泡好的黄豆、花生米,再切几片姜,让它慢慢熬。等锅里的豆煮熟了,咬起来嘎嘣脆,即可下面。放盐,不要加酱油味精等佐料,只等面熟,勺中倒点香油,在火上加热,然后把葱花放进去,冒出一团火来,迅速倒进面条锅里,再放进香菜,一锅味道纯正的糊涂面就做好了。"

他说,那年他和朋友合伙做生意。父母都是农民,为了支持他,把家里能卖的东西全卖了,还欠了不少债。一家人眼巴巴地盼他能赚钱回来。结果,他赔得一塌糊涂,血本无归。他自觉无颜回去见父母,吃了一瓶安定片,只求速死。他在医院里醒过来,看到两鬓苍苍的父母,羞愧得泪流满面。因为刚洗过胃,医生叮嘱只能吃流食。妈妈便做了一碗糊涂面,是用豆面擀成的细细的面条，与面条混在一起的炒芝麻和油炸花生米，上面漂着绿莹莹的香葱和芫荽。妈妈说，孩子，生意赔了不怕，再穷，咱还吃不起一碗糊涂面？

他捧着那碗面，泪水大颗大颗地落进碗里。

如今的他，在市里开了几家大型连锁店，珍馐佳肴、山珍海味如过眼云烟，他却觉得，吃什么都不如妈妈的糊涂面滋润爽口。

所有的朋友都被感动了。有人站起来，举起酒杯提议："为我们的妈妈，为妈妈的拿手菜，干杯！"

想起一句西谚：上帝不能亲自到每一家去，所以他创造了母亲。佛经里也说，当小马长到和母马一模一样时，想要区分，只要看它们吃草时的情形：母马总是自己不吃草，反而把草向小马方向推。

是的，这就是母亲。每个母亲，都有一道拿手菜，她们把浓厚的爱藏在为你精心烹饪出的这道菜里。这菜，是消解世事无常、人生沧桑的密码，是人生最丰盛的爱的盛宴。

因为爱你，所以认输

千江雪

一

她刚懂事的时候，就听别人说，她是他们要来的孩子。她上面有两个哥哥，父母一心想要个贴心的小棉袄，所以就要了她。她是他们从陕西抱回来的，听说那家人已经连续生了两个姑娘，她是第三个，为了要个男孩，就把她送了人。

说的人言之凿凿，似乎对她家里的情况了如指掌。她蒙了，哭着跑回家去问母亲。母亲二话不说，拉着她的手就去找那个多嘴的人。不顾众多围观的人，指着那人的鼻子，不由分说就是一番痛骂。她从未见过母亲那般厉害的模样，双手叉腰，横眉立目，唾液纷飞，各种恶毒的话仿佛离弦的箭，一串一串地射出去，直把那人骂得脸色发白，灰溜溜地败下阵来。

她跟在母亲身后，像得胜还朝的将军，迎着众人惊讶叹服的目光回家，一路上昂首挺胸扬眉吐气，她知道母亲赢了。在她的记忆中，母亲总是赢的——和伯伯、姑姑争论奶奶的养老问题，母亲赢了；秋收时，父亲不在家，母亲一个人几天没合眼，赶在下雨前把八亩玉米都收回了家，母亲赢了；村干部把他们家的宅基地划给了别人，母亲一路告到县里，也赢了……母亲争强好胜，一个家，里里外外，全靠她一人撑着。

这一次，母亲赢的结果是：从此以后，再也没有人敢当面说她是捡来的了。而母亲，就以那样一种赢的姿态，骄傲地站在她童年的记忆里。

二

虽然再没有人敢说她的身世，但渐渐地，她还是感觉到自己和这个家的人有许多的不一样。一家人都长相普通，唯独她越长越出挑，身姿婀娜，脸蛋娇嫩，目光如水般清澈。一家人都五音不全，哥哥唱首歌，调能从北京跑到广州，她却爱唱爱跳，嗓音有金属一般的质感。两个哥哥都随父亲，性格内向木讷，她却活泼伶俐，像只百灵鸟，见人就叽叽喳喳，哄得人团团转。

她把这些疑惑藏在心底，只在父母面前极力讨巧，做他们贴心的小女儿。可是，她还是想知道，自己到底是不是他们的亲生女儿。

那一年，电视上盛行选秀节目，她的城市也展开了轰轰烈烈的海选活动。她自恃有一副得天独厚的好嗓子，非要去参加比赛。

母亲当然不同意，其时，她正读初三，面临中考，课程紧，哪里有时间去参选？再说，她从未受过唱歌方面的专业训练，不过是跟着电视会唱几首流行歌曲。而且，就算万幸被选上了，去参赛也不是件容易的事——交通费、服装费，各种包装费用，是他们这种普通家庭能够承受得起的吗？若真能拿个名次还好，如果中途被刷下来，岂不是所有的努力都付诸东流？

母亲不允，她就缠，就闹。她说："我这么漂亮，嗓子又好，不可能选不上。你总得给我机会让我尝试一下吧？倘若一举成名，以后你们跟着我，我给你们买名车豪宅，让你们尽享世间荣华……"

母亲笑她痴人说梦，对她画的大饼视而不见，任她哀求使性，只是不理。眼看报名的日期就要截止了，她终于急了，放出狠话："不让我去报名，我就绝食！"

果然她就绝了食,两天不吃不喝,母亲端上她最爱吃的糖醋鱼,她不理,背过身躲在被窝里涕泪横流。

最终,妥协的人是母亲。母亲搂过她饿得无力的身体,心疼地掉眼泪:"妞,吃饭吧,只要你肯吃饭,妈什么都答应你。"

她赢了,不过是用了最俗的方式:一哭二闹三绝食,却轻而易举地赢了。而母亲,就这样不战而败。但是,当她欣喜地报名参赛后,第一轮就狠狠地败下阵来。评委冷冷地丢给她一句话:"连个音准都没有,还来参加比赛,胡闹!"她在台上急得直哭,苦苦哀求评委给个机会,让她再唱一首。但没有人理会她的眼泪,她终究被毫不留情地赶下台去。

她第一次明白,原来并不是所有人都在乎她的眼泪。

三

高考结果出来,她的成绩不理想,只考了个三流的旅游学校。本来可以在本市读的,母亲也说,女孩子,跑那么远干吗?离家近点,好歹有个照应。将来毕了业,找个合适的工作,再找个好人嫁了,我们也就安心了。

她被母亲的规划吓住了,她当然知道母亲的心思,父母老了,两个哥哥各自娶妻成家,留她在身边,将来他们有个头疼脑热的,也好有人照顾。他们当初千辛万苦收养了她,不就是为了防老吗?可是,她才18岁,人生的美好画卷才刚刚在眼前展开,她还有无数的梦想,怎么能就这样被湮没了?外面的世界天大地大,她怎么肯被埋没在这个小县城里?

她又一次和母亲较上了劲,这厢听着母亲不厌其烦的规劝,默不作声;那厢却偷偷在网上找了一家民办的学校,不声不响地买了去北京的火车票。母亲整理房间时,从她的枕头下翻出那张火车票,人就傻了。母亲披头散发地坐在床上哭天抹泪,骂天骂地,骂她狠,良心让狗给吃了……她不为所动,倔强着,一滴泪都不流。心里想:哪有这么自私的父母?就为了自己老了能过得舒服点,就毁了我一辈子的幸福吗?说到底,还不是因为自己不是他们亲生的闺女?

母亲最终还是遂了她的愿。临走前，母亲为她收拾行李，装了红薯干，煮了咸花生，炸了五香带鱼，蒸了枣花馍……都是她最爱吃的。她嚷着太沉拿不动，母亲还是又把一袋子嫩玉米挤了进去。母亲说："离了家，这些东西就吃不到了。"

她以为自己不会难过的，可是火车开动的那一瞬间，看着母亲失魂落魄地朝她挥手的样子，她的泪还是涌了出来。

四

她去了才知道，那所学校很垃圾，管理混乱，不但没能像承诺的那样为他们安排工作，连个毕业证都难拿到手。她读了两年后，被分到一家旅游公司实习。因为没有导游证，只好做"野导"，自然很辛苦，比别人做得多，拿到的薪水却很少。

出来四年，她一直没有回家，她想等自己混出样子后衣锦还乡。可日子似乎越过越难，赚的钱付了房租、水电费、伙食费，连件像样的衣服都买不起。母亲打电话说："实在混不下去就回来吧，你大姨的婚庆公司缺个司仪，你能说会唱，干这个合适。你都二十二岁了，邻居小娅和你一样大，孩子都生了……"

她听得心烦，燕雀安知鸿鹄之志？留在大城市，未来便有无限可能。回家做个小司仪有什么意思？结婚，她不急，她相信有一天，她的王子会给她一个锦绣未来。

她并没有等到她的王子，却被同学骗去湖北做了传销。同学说，先拿一万，等发展了下线，自然就有五万、十万、二十万的钱"哗哗"而来。她打电话跟母亲要钱，撒谎说要买个导游证，没有证干活多拿钱少，没有出路。母亲就信了，两天后，一万块钱打了过来。母亲的留言是：快过年了，回家吧。

当然没有十万二十万的钱哗哗而来，因为发展不来下线，她被禁锢在那个传销窝点，为很多人做饭、洗衣、打扫卫生。那年春节她还是没有回家，她想回，但回不去了。

那夜，看到母亲和警察闯进来时，她惊呆了。母亲抱住她就哭了，反反复复只有一句话："乖，跟我回家……"

后来她才知道，她几年没回家，母亲怕她出事，就照着她留的地址找了过来，求助了当地媒体，又发微博寻找，才知道她被骗进了传销团伙。又与警方联系，才将她解救出来。

她很难想象，在那个陌生的城市里，一个不认识几个字的村妇，怎样焦急地找寻着她的女儿，又怎样费尽周折地求助于记者和警察。

这一次，母亲算是赢了吗？可她总觉得，母亲又输了，因为她养了一个多么不成器的女儿啊！

五

似乎，这么多年来，在和母亲的斗争中，每一次，她都是必然的赢家，输的那个人永远是母亲。

后来，她看到那个故事——从前，有两位母亲争一个孩子，县官让她们抢，孩子被拉痛，哭了，亲生母亲心一软，先松了手。

她想起过往的种种，心刹那间被击中。她明白了，为什么面对她的任性、霸道、蛮不讲理，一向好胜的母亲，却总是心甘情愿地输。那只是因为，她是她最爱的那一个。她已不再追究自己究竟是不是他们亲生的女儿，因为母亲已经用她一次次的认输告诉自己：她爱她，一辈子。

我们的家，他们的家

江生

一

才来了两天，爸爸就说要走了，他们在我的家里住不惯。

今年冬天特别冷，三九严寒，滴水成冰。上次我回家看他们，屋里屋外都是冰凌，地冻得坚硬溜滑，爸慌着去给我拿核桃和炸糕，刚出门就一个趔趄差点摔倒。妈忙着去厨房里给我煮荷包蛋，去了好半天还没动静，我到厨房去看，妈正点着一堆火在烤水龙头，脸上被烟灰涂得黑乎乎的，见我进来，她慌忙说："饿了吧？等急了？天冷，水龙头上冻了，不要紧，烤一会儿就化了……"

我心里一阵酸涩。我的家里，暖气烧得很足，外面天寒地冻，屋里温暖如春，只穿件薄衫还热得冒汗，可爸妈在家里，竟然冻成这样。我忍不住发了脾气："空调也有，电暖气也有，为什么不开？再不济，煤炉总得烧着吧？你们看看，这日子过成啥样了？"爸赔着笑，讷讷地答："煤球越来越贵，一块钱买不了两个。电也贵，电暖气一开，那电表就像飞了一样地转呢……"我恨恨地嘀咕一句:"又不是没给你们钱,至于这样苦熬吗?"心里却明白,爸妈多年来节俭惯了,就是给他们再多的钱,他们也同样不舍得花。

我转身去收拾他们的衣服:"都跟我走,我家里有暖气,两个人也是用,四个人也是用。再说我们白天上班不在家,暖气费也不少交,你们去住,正好不浪费。"爸迟疑着说:"我们在家里住惯了,去你那儿,怕是不行。再说,会给你们添很多麻烦……"我低声哀求:"这家里冷成这样,看着你们挨冻,我心疼。爸,就只去住这个冬天,行吗?"

于是,爸和妈只好被迫跟我来了。走之前,他们和邻居打招呼,爸的声音满是欢喜,语气里有掩饰不住的骄傲:"她婶子,帮我照看一下家啊,我们去闺女那儿住一段,她家里有暖气,怕我们冷呗,闺女说在屋里不用穿棉袄,只穿衬衣就行了……"

我听着,脸上几欲泪流。爸妈其实是想和我一起住的吧?我一直在他们身边生活到三十岁才出嫁。婚后,我只顾着忙自己的小家,这几年,再没有和他们一起生活过,每次回来看他们,也是来去匆匆。可是,他们对我的思念和疼爱,何曾停止过?

二

没想到,在我温暖的家里,爸妈还没住够三天,就急着要回老家去。

老家太冷,这里又太热。妈晚上睡觉热得盖不住被子,第二天起床,竟然感冒了。爸嫌屋里太闷,空气干燥,又不习惯喝水,不过两天的工夫,他的嘴上竟起了几个大疱,嘴唇肿得老高,脚气也犯了,奇痒难忍。

妈说:"金窝银窝,不如自己的穷窝。"我的家再好,也不如他们自己的家舒服。爸在家里有一帮老伙计,每天聚在一起打打牌、聊聊家长里短,玩得挺开心。他还有一手电气焊的手艺,村里的几个工厂隔三岔五地就把他叫过去,帮忙修个管道、焊个框架什么的,活儿也不重,图个发挥余热自己乐呵,他觉得活得有价值。而在我这里,没有他们熟悉的邻居和朋友,没有地方串门聊天,除了吃饭睡觉,就是看无聊的电视。每天我下班回来,就看见妈在窗户前巴巴地守着,等我回家。给我开门的那一瞬间,她脸上的惊喜里还有残留的无聊与落寞。

我当然不能同意他们回去,劝他们没事儿时可以去逛逛商场、超市。爸妈倒听话,一大早,他们就相携着去逛超市。回来爸就感叹:"超市里东西真全啊,就是太贵,不如我们农村的集市。"

但他们还是很喜欢那份热闹,一连三天,一吃完午饭,两人就上超市去,一直待到天黑才回来。晚上吃饭时爸对我说:"超市真不错,暖和,还能免费按摩,那儿老头老太可多了。"妈也说:"那小朱姑娘人也好,说话柔声细语的,细心又温柔。"我问小朱是谁,爸说,是给他们做按摩的女孩儿。

我没有在意,心里为他们找到了乐趣而松了口气。直到那天,我去买菜,在超市入口处卖治疗仪的地方,看到一个姑娘在游说爸妈买他们的治疗仪。我怕爸爸上当,赶紧上前拉他们回家,一路批评他们:"原来这就是你们说的免费按摩的地方啊?人家那是想让你买他们的机器呢。也不想想,哪有那样万能的机器,高血压、糖尿病、心脏病什么都能治?那都是专门骗你们这些老人的,怎么什么都信!"

爸怯生生地说:"我们就是试试,也没真想买啊……"

我言辞激烈:"没想买去凑什么热闹?上次不就是听信广告,非要买那个什么丸,结果还不是白白糟蹋钱……"

我吼完了才发现爸爸垂着头,脸色灰灰的,沉默不语。我心下一紧,忽然想到,爸妈并不是想买什么治疗仪,他们只是以为找到了一个可以排解寂寞的地方,有同龄的老人可以聊天,还有小姑娘肯温言软语地陪他们说话。

三

他们不再去超市了,因为觉得见了那个小朱姑娘不知道该怎么说,又不买人家的治疗仪。可是在家里，又实在闲得无聊。妈想帮我收拾家，却不会用我家的洗衣机，搞不清卫生间的开关哪个是照明哪个是浴霸，拖出来的地板是花的，有一次甚至把洁厕液当作沐浴液往身上抹。爸想帮我们做饭，却不会用微波炉、电磁炉，教了他好几次怎样使用燃气开关，还是不会调大小火。

爸一辈子刚强，最看不得别人的脸色。可住在我家，他却缩手缩脚，小心翼翼，唯恐说错什么，做错什么。每次我做好饭叫他们来吃，他们都会无比内疚，觉得让我来照顾他们，给我添了许多麻烦。吃饭时，一看到饭桌上缺少什么，两人就争先恐后地去厨房拿。看我们吃完，又都慌着去盛饭，弄得老公很不好意思。

那天，老公在驾校被教练训了，回来脸色不好看，话说得少。爸妈就很紧张，低眉顺眼的，处处赔着小心。我们回来时爸爸已经做好了饭，烧了面汤，炒了萝卜粉条和木耳肉丝。结果菜炒咸了，老公又不喝面汤，一碗汤没喝完倒给了我。爸的脸色就很不自然，讪讪地说："你们不喝我自己喝。"妈则惶恐地埋怨爸："叫你不要烧面汤，偏要烧，跟你说了孩子们口味淡，还做这么咸……"

和老人住在一起，的确有许多生活习惯不合拍。我们口味轻，爸口味重。我做什么菜爸都嫌淡而无味，而一换他来掌勺，又咸得我们无法下咽。他爱看电视，声音还大，我在书房里写稿，他那边"王爷格格"地吵得我心慌。爸抽烟，烟灰弹得到处都是，有一次烟头还把我新做的沙发套给烧了个洞。妈记性差，总是忘记木地板和家里的水泥地不一样，习惯把喝剩下的水随手倒在地上，有几次上完了厕所，忘记了冲水……

我有时候也烦，心情不好时和他们说话的口气就重一点，甚至会甩个脸子给他们看。可发完脾气后，看爸妈唯唯诺诺的样子，我又止不住地心疼。说实话，我很希望他们能像我小时候那样，对我的臭脾气训斥一通。可是他们没有，反过来，他们倒像做错了事的孩子，低眉顺眼、小心翼翼。每当这时候，我心里就很难过，他们真的老了，老到了需要看儿女的脸色行事的地步了。

可是，不管我怎样对他们，他们只是一如既往地对我好。吃饭时，爸还是习惯把我喜欢的菜夹给我，妈还是唠叨要我外出时多穿件衣服，晚上熬夜看一会儿电影，他们会一遍遍地催我早睡。在我家的几天里，爸坚持每天为我做全身按摩，比老公还有耐心。

四

连哄带劝的，他们也不过在我家待了七天，就怎么也不肯再待下去了。妈说，邻居二婶的闺女要出嫁，她要回去帮忙缝几床新棉被；爸说，他那几个老伙计来电话催了好几次了，他不在他们几个玩不开。

爸妈回家了，听到他们说要走的时候，我心里其实是有点如释重负的。是的，爸妈在这里，为我们添了许多麻烦，我要变着花样为他们做好吃的，要为他们洗衣服，要牺牲看书的时间陪他们说话聊天，老公要一次次拖地，打扫卫生。我们不能享受二人世界的随心所欲，我也不能静下心来写稿子……他们越来越老了，不能再像从前那样照顾我，不会买菜、做饭、打扫卫生，有一次我在电脑前赶一个稿子，妈做饭时，像个孩子一样，一会儿一趟跑过来问我：米里要放多少水？水池子里的菜叶会不会堵塞了下水道？炒菜先放姜还是先放蒜？……等我忙完了去厨房，灶台上乱七八糟摆了一片，妈在厨房里来回转，不知道该做什么，像一个衰老无力的将军，面对着曾经游刃有余的战场，此时只剩下了茫然和退缩。

他们终于老到无力再为我做任何事了。

可是等到他们真的走了，我的心却空落落的，像少了些什么似的。他们在这里的几天，我仍然在忙，忙着看书、写字、做饭、收拾家、和朋友聚会……却从来不曾陪他们好好聊聊天。我以为来日方长，我以为只要他们在这儿，就会有很多的时间供我挥霍。却没想到，不过是短短的几天而已。

我知道，回去，他们面对的是一个冰冷的家，冰锅冷灶，要生煤炉，喝一口水也要砸开冰凌去烧。可是，那是他们的家，在那个生活了一辈子的地方，他们可以随心所欲，可以不用看任何人的脸色过日子，不用小心翼翼地总害怕做错什么，不必受各种约束而手足无措。他们有左邻右舍，可以唠家长里短；他们有广阔的天地，可以自由地呼吸。

那个曾经属于我的家，已经被我渐渐疏离；而我们的家，再暖，总不是属于他们的暖。我们的家和他们的家，隔着一段短短的却无法逾越的距离。这距离，让我的内心充满了忧伤。

用你爱我的方式去爱你

爸爸，我一直在努力用你爱我的方式去爱你，可是最终我还是遗憾地发现，我的爱永远比不上你的爱深刻。你对我的爱，宽阔辽远一如无际的大海，纯粹透明没有丝毫杂质，而我，只能用一杯水去回报大海。

藏在酒瓶里的感激

康哲峰

周日有课,课间我到办公室小憩。见到一个学生站在张老师的办公桌前,见我进来,欲言又止。我边喝茶边偷眼看他,一双破旧的运动鞋,略显单薄的运动裤,一件显小的旧棉衣,可知家境不怎样,手里却提着一个精致的礼盒,细看是酒,65度的汾酒,一瓶要百八十元呢!

这是有事求老师呢,还是犯了错想送礼道歉呢?我正在胡乱猜测,他红着脸向我走来,说:"老师,能借用一下你的手机吗?我找张老师,他不在,等半天还是没来。"我说:"今天是周日,除了上课的老师,都在家休息呢。"一边把手机掏出来递过去。他急切地按下了号码,手机通了,可没人接,再打,还是没人接。我调侃道:"你们张老师啊,平时就爱喝两口,今天他休息,估计是喝多了。"

他把手机还给我,急得像热锅上的蚂蚁,走也不是,等也不是。我见他心急,就说:"有什么事儿,我能帮你吗?"他不好意思地说:"我上大学呢,这次家里有事回来,顺便来看看张老师。我给他买了两瓶酒,可他不在,我再等下去就赶不上回村里的公共汽车了。"我说:"你相信我的话,就交给我暂时保存好了,等张老师来了,我一定转交给他。"他连声说："那太好了，只好麻烦您了，谢谢，谢谢！"

晚上开例会，见到了张老师，把酒给了他，也把事情告诉了他。他说："唉，下午有事出去了，偏偏忘了带手机，真是不巧！"然后给我讲起了这个学生的一些事情。

这个学生当年在张老师班里是最穷的，学校减免了所有费用，他才勉强能上得起学。他一日三餐只靠着馒头和咸菜维持着，正在发育的身体单薄羸弱，经常生病。张老师心疼他，想给他钱让他多补充营养，他却很犟，坚决不要。后来张老师想了个办法，骗他说有一个不留姓名的好心人找到学校要资助一个困难学生，就把他报上去了，没想到还真成了这事。他倒是答应了，只是每月只肯收一百元，说多了用不着，够吃饱饭就行。

就这样凭着这一百元，他身子骨逐渐硬朗起来，生病少了，耽误课也少了，成绩像火箭般嗖嗖往上蹿，高考过后，竟然考上了山西省一所著名大学。凭着国家绿色通道的好政策，他顺利入学，倒是没让张老师再操心。

上大学后，他给张老师来了一封信。信中说，自己知道每月那一百元是张老师资助的，根本不存在那个资助人。他知道老师们也都穷，有感于老师的苦心，又不能不要，但是又不忍多要，现在好了，上大学了，他可以想办法去挣钱了。他说一定要将第一份收入送给张老师。

最后，张老师说："你知道这两瓶酒的来历吗？这小子心眼不少，又不怕别人笑话，竟然在大学里摆了一个擦鞋摊。因为他发现大学里很多男生女生都特注重打扮，就置办了一套擦鞋工具开始上门服务，由于价格公道，为人朴实，很受欢迎。据他说一天能挣好几十块，碰上周末，一天收入还要翻番呢！这两瓶酒就是他第一个月的收入买的，他知道我好这口儿！"张老师一边说，一边用手摩挲着汾酒精美的瓶体，眼角微微有些湿润。我知道，这两瓶酒他是舍不得喝了，因为那里面满是一个学生对老师深深的感激。

那一次的感动

芊草

我是一个内向而敏感的男孩,所以跟老师的交往就相对少一些。我在班里也不是惹人注意的角色,总一个人在寂静的角落,在纸上默默地写一些无聊的文字。总之,我就是一个普普通通的学生。

我以为我的学生时代就会如此平平淡淡地度过了。直到那一天,我的生活中发生了一件事,让我的学生时代留下了永久的、刻骨铭心的感动。

那天是周五,作文课,我像往常一样懒洋洋地提不起精神。当老师走进来时,我还打了一个哈欠。可是,今天老师的情绪好像很高。她手中拿着一篇作文。大步走上讲台后,她大声地宣布:"今天,我要给大家读一篇文章,这篇文章写得真是太好了。这位同学在文学创作上绝对有天赋,大家猜猜是谁啊?"同学们猜了几个平时学习成绩不错的学生,可老师却一直摇头。最后老师说:"这位同学就是康峰。"什么,我,是我吗?我记得我写得并不怎么好啊。怎么会是我呢?老师清脆的声音响起来。哦,对了,这是我抄的一个作家写散文。当文章随着老师充满感情的朗读结束后,大家报以热烈的掌声。我的脸却羞得通红。

从此之后,大家都纷纷来向我讨教作文的写法。我由于虚荣心作祟,也没有点破事情的真相,而是热心地和给大家探讨。这样,不但我的作文水平大有长进,还交到很多朋友,性格也开朗了很多。我发现生活也变得有了趣味。我好想当面向老师致谢,可是总觉得有些羞愧。

要分科了,听说语文老师可能不教我们了,她要调到市里去了。很多学生都去和她道别。我想再不去的话就可能永远没有机会了,就鼓足勇气来到老师的办公室。轻轻敲门之后,老师就站在了我面前。"老师,我来向你致谢,那次的作文其实不是我写的,是我抄的,可是你还那样表扬我。我当时没有勇气承认,老师你不会怪我吧?"我终于把憋在心里的话说出来了,不禁一阵轻松。"傻孩子,其实那天我就知道了。我回家看一本散文集,上面正好有这篇文章。我想如果说出真相可能会伤害你的自尊心,就隐瞒了下来。想不到你今天终于来承认了错误,我真的很高兴,这样,我离开这里就没有什么遗憾了。"老师激动地说完,用手拍拍我的肩膀,"其实,你是很有潜力的,努力吧!"我眼中闪出了泪花,狠狠地点了点头。

老师离开我们学校已经有一年多了,可是,她的音容笑貌一直萦绕在我心头,永久地滋养着我的灵魂。

用你爱我的方式去爱你

陈心

一

你突然打电话说要来我家,电话里,你轻描淡写地说:"听你二伯说,巩义有家医院治腿疼,我想去看看。先到你那里,再坐车去。你不用管,我自己去……"

你腿疼,很长时间了。事实上你全身都疼,虽然你从来不说,但我无意中看见你的两条腿上贴满了止痛膏,腰上也是。你脾气急,年轻时干活不惜力,老了就落下一身的毛病,高血压,糖尿病,心脏也不好,老年人的常见病你一样都不少。年轻时强健壮实的身体,如今就像被风抽干的果实,只剩下一副空架子,弱不禁风。

第二天,我还没起床你就来了。打开门后我看见你蹲在门口,一只手在膝盖上不停地揉着。你眉头紧锁,脸上聚满了密集的汗珠。进屋后坐在沙发上,你仍然不断地捶腿,紧咬着牙,脸上的汗一层一层地出。我不知道你竟疼成这个样子,又急又气地埋怨你:"怎么不早来?万一耽误了怎么办？"你低着头，像个做错了事的孩子，讷讷地答："以为没啥事，贴点膏药止住疼就行了，谁知道竟越来越严重……"你的头发已白了大半，持续的疼痛让你原本英俊的脸扭曲变形，看着你痛苦的表情，我的心里又酸又疼。

你坚决不同意我陪你去医院，你拍着胸脯，一副包揽万事的样子说："不就是去检查一下、开点药嘛，我一个人完全能应付！"你的固执让我气恼，我说："你又不是没去过医院，四楼看病，五楼拍片，一楼付药费，上上下下得好几趟，你受得了吗？"你的声音低下来，担忧地看着我说："你那么忙，这一耽误，晚上又得熬夜，总这样对身体不好……"

正争执间，电话响了，是编辑找我要稿子。我和编辑聊了一会儿挂断电话，却不见了你。我慌忙跑出去，你并没有走出多远，你走得那么慢，弓着身子，一只手扶着膝盖，一步一步往前移。挪一步就要停下来，用手揉揉膝盖，再继续往前挪。

看你艰难挪移的样子，我的心猛地疼了一下，泪湿眼眶。我紧追过去，在你前面弯下腰，我说："爸，我背你到外面打车。"你半天都没动，我扭过头催你，才发现你正用衣袖擦眼，你的眼睛潮红湿润，有点不好意思地说："被土迷了眼。"又说："背啥背？我自己能走。"

纠缠了半天，你拗不过我，终于乖乖地趴在我背上，像个听话的孩子。我攒了满身的劲背起你，你却没有想象中那样沉，那一瞬，我有些怀疑：这个人，真的是我曾经健壮威武的父亲吗？你双手搂着我的脖子，在我的背上不安地扭动着，身子使劲弓起来，紧张得大气都不敢出。

到小区门口，不过二十几米的距离，你数次要求下来，都被我拒绝。爸爸，难道你忘了，你曾经也这样背着我走过多少路啊？

二

怎么能忘记那些往事呢？

十八岁那年，原本成绩优异的我，居然在高考考语文时睡了过去。这样荒唐的行为导致的最终结果是我只考取了一个普通的职业大专。录取通知下来那天，你把那张薄薄的纸看了好几遍，突然手起掌落，五个深红的指印落在我的脸上，你气愤地嚷："臭小子，你怎么不去死？"

那一巴掌，让我无脸去读那个职专，也无法面对你失望、愤怒的眼神，便毅然进了一家小厂打工。那天，我正背着一袋原料往车间送，刚走到起重机下面，起重机上吊着的钢板突然落了下来。猝不及防的我，被厚重的钢板压在下面，巨大的疼痛让我在瞬间昏迷过去。

醒过来时我已经躺在医院里，守在我床边的你着实被吓坏了。你脸上的肌肉不停地跳，人一夜之间便憔悴得不像样子。你像祥林嫂似的，对每一个来看我的说："我只几天没见到他，这小子怎么就成这样了？"

后来我才知道，那块钢板砸下来时，所幸被旁边的一辆车挡了一下，但即便是这样，我的右腿也险些被砸断，腰椎也被挫伤。

治疗过程漫长而繁杂。每天，你背着我去五楼做脊椎穿刺，去三楼做电疗，上上下下好几趟。那年，你五十岁，日夜的焦虑使你身心憔悴；我十八岁，在营养和药物的刺激下迅速肥胖起来。五十岁的你背着十八岁的我，一趟下来累得气都喘不过来。

彻骨的疼痛，一夜一夜的失眠，对未来的重重忧虑，使我的心情日益烦躁。那次同学来看我，在学校时，他的成绩不比我好，可他却考了名牌大学。他走后，我看着墙角的蚂蚁，郁闷无比。如果不是高考失利，我此刻也应该在大学校园里刻苦攻读，而不是躺在床上寸步难行，承受病痛的反复折磨。

就是这时候，你端来排骨汤给我喝。你殷勤地一边吹着热气一边把一勺热汤往我嘴里送，说："都炖了几个小时了，骨头汤补钙，你多喝点……"我突然烦躁地一掌推过去，嘴里嚷着："喝喝喝，我都成这样了，喝这还有什么用啊？"

汤碗啪的一声碎落一地，排骨、海带滚得满地都是，热汤洒在你的脚上，迅速鼓起了明亮的水疱。我呆住了，看你痛得龇牙咧嘴，心里无比恐惧。我想起来你的脾气其实很暴烈，上三年级时我拿了同桌的计算器，你把我的裤子扒了，用皮带蘸了水抽我。要不是妈死命拦住，你一定能把我揍得皮开肉绽。

然而这一次，你并没有训我，更没有揍我。你疼得嘴角抽搐着，眼睛却笑着对我说："没事儿，爸爸没事儿！"然后，一瘸一拐地出去了。

我心里忐忑不安，愈发疑惑：你的脾气是什么时候开始改变的？或许，就是从那块钢板砸下来的那一天？

你完全像换了一个人，那么粗糙暴烈的人，居然每天侍候我吃喝拉撒，帮我洗澡按摩，比妈还耐心细致。我开始在你的监督和扶持下进行恢复锻炼，每天早上五点起床，你陪着我一起用双拐走路。我在前面步履蹒跚，你紧随着我亦步亦趋，我们成了那条街上的一道独特的风景。

为了照顾我，你原来的工作不做了。没了经济来源，巨额的医疗费压得你抬不起头。你四处借钱，债台高筑，亲戚们都被你吓怕了。那次你听说东北有家医院的药对我的腿有特效，为了筹药费，你跑到省城去跟大姑妈借钱。没想到路上竟出了事。你乘坐的那趟车超载，在半路上翻了。电话打到家里，妈妈的脸忽地就变得惨白惨白。

你在医院里昏迷了三天三夜，医院已经下了病危通知。可是那一天，你突然奇迹般地醒了。妈抱着你哭，你说："我都走到半道上了，忽然想到我们家那臭小子还没好呢，我走了他怎么办？"

八个月后，我能扔下拐杖自己走了。

三

在医院做检查，从体检到拍片，你一直很听话地跟着我。片子结果出来前，你坐立不安、神情紧张，不停地问我："到底怎么样？不会很严重吧？"我紧紧握着你的手，你厚实、粗糙的大手在我的掌心里不停地颤抖。我第一次发现，你其实是那么害怕。

结果出来，是骨质增生，必须手术治疗。医生说："怎么这么晚才来？要是早发现了，就不用手术了。"你低着头不说话，我知道你是为了省钱。可是，我想象不出，你如何能忍得了那样的痛？

办完住院手续，手术安排在一星期后。你催着我走，我也惦记着要完成的稿子，便准备离开。我刚走出病房没多远，就听到你在身后叫我。回过头，我看到你孤零零地站在走廊里朝我招手。你说："能不能再陪爸坐一会儿？"

我决定留下来陪你，像你从前对我那样，为你买喜欢的菜，削苹果给你吃，陪你下棋，搀扶你去楼下的小花园散步，听你讲我小时候的事情。我问你还记不记得曾经拿皮带抽过我，你心虚地笑。

那天护士为你输液，那个实习的护士，一连几针都没有扎进血管。我看着你肿起来的手背，突然就恼了，一把推开她，迅速用热毛巾敷在你的手上。一向脾气温和的我，第一次对护士发了火："你能不能等手艺学好了再来扎？那是肉，不是木头！"

护士尴尬地退了下去，你看着暴怒的我，眼睛里竟然有泪光闪烁。我猛然记起，几年前，你也曾这样粗暴地训斥过为我扎针的护士。

手术那天，你一直很紧张。上了手术台后又跑出来，看着我欲言又止。我知道你是害怕手术时发生不测，再也见不到我，想给我几句嘱托。可那样的话，你终究说不出口。我握了握你的手，安慰你说："爸，小手术，不要怕……"话未说完，却忍不住转头去抹眼泪。再回头看时，护士已经催你进去做麻醉了。

手术很成功。你被推出来时，仍然昏睡着。我仔细端详着你，你的脸沟壑纵横，头发白了大半，几根长寿眉耷拉下来……我想起你年轻时拍的那些英俊潇洒的照片，忽然止不住地心酸。

几个小时后，你醒了，看见我在，又闭上眼睛。一会儿，你又睁开眼，虚弱地说："尿……尿……"

我赶紧拿起小便器，放进你被窝里。你咬着牙，很用力的样子，但半天仍尿不出来。你挣扎着要站起来，牵动起伤口的疼痛，巨大的汗珠从你的额角渗出来。我急了，从背后抱起你的身体，双手扶着你的腿，把你抱了起来。你轻微地挣扎了几下后，终于像个婴儿一样安静地靠在我的怀里，那么轻，那么依恋。

四

　　出院后你就住在我家里。每天，我帮你洗澡按摩，照着菜谱做你喜欢吃的菜，绕很远的路去为你买羊肉汤，粗暴、倔强的我也会耐心温柔地对你说话。阳光好的时候，带你去小公园里听二胡，每天早上催你起床锻炼，你在前面慢慢走，我在后面紧紧跟随……所有的人都羡慕你有一个孝顺的儿子，而我知道，这些都是你传承给我的爱的方式。你把一个父亲深沉博大的爱传给了我，让我学会了如何去做一个体贴、孝顺的儿子；你把一个男人的坚韧宽厚传给了我，让我学会了如何去做一个男人。

　　爸爸，我一直在努力用你爱我的方式去爱你，可是最终我还是遗憾地发现，我的爱永远比不上你的爱深刻。你对我的爱，宽阔辽远一如无际的大海，纯粹透明没有丝毫杂质，而我，只能用一杯水去回报大海。

那个掉光了牙齿的老头

晴儿

从你开始长牙的那一天,他几乎天天注视着你嘴里的变化,看你咬着妈妈的奶头,吮吸自己的手指,还总是在手边可以触及的玩具上留下浅浅的印痕。他喜滋滋地注视着你牙齿的新鲜萌动,又抱着你自言自语地轻声吟唱:"小乖乖,快快长,长大跟我去航海。"

他抱你的时候,脚步总是很轻,拍打总是很柔,你的妈妈还会微微地嫉妒,说没见过这么粗鲁的他曾经对谁如此温柔过。那时的你,会拿手好奇地去抓他的下巴,那里总是有让你发痒的硬硬的胡茬。你看他轻俯下来,装作要扎你小脸的样子,总会咯咯地笑,笑到他的脸上满是幸福的柔光。

你开始学习走路的时候,他买了最好的学步机给你,又半弓着腰,引领你一步一步向前迈步。你总是走得不亦乐乎,一圈下来,你嚷嚷着还要走,他却捶捶累酸了的腰,笑骂你一句:"兔崽子,等你能跑了,你老爸怕是想追都追不上你了。"你听不懂他的话,只兴奋地指着前面一株漂亮的花朵,示意他带你去采。

你终于可以自如地走路、跑跳,你满大街疯跑着追赶一只蜻蜓,他则满大街追赶着你。你跟小伙伴玩得大汗淋漓,听见他喊你回家吃饭,你躲到一堵墙后面，又示意小伙伴帮你撒谎，说不曾看到过你。你拿他给你造的弹弓打碎了隔壁家的玻璃，他拿一块新的玻璃去给人家赔礼道歉，你则嘻嘻笑着从他兜里偷几个钢镚儿去买雪糕。你跟人打架，捂着被砸破的脑袋嗷嗷哭叫着回家，他一边心疼地给你包扎，一边骂你："臭小子，下次再惹了事，别想进这个家门！"你知道他说的都是假话，所以也便一次次在外惹是生非，而后由他处理"善后事宜"。

你还经常生病，一次次地让他在半夜里骑车载你去医院，你在昏暗的医院走廊里，坐在连椅上，看他奔来跑去地给你拿药。他的脊背温暖而结实，已经读小学的你，还可以借生病的理由，趴在他的后背上，让他背你上楼。你还傻乎乎地问他，你会不会死，他便笑着说："老子还没死呢，你急什么？"说完了便扭扭你的耳朵，你"哎哟哎哟"地叫着，一抬头，看见他正慈爱地注视着你。

后来有一天，你们沉默寡言地面对面坐着吃一顿平常的午饭，他突然走到镜子旁，左照右照，又将两根手指伸到口中去，蹙眉拨弄一会，终于还是微微叹口气，重新坐回到餐桌旁。你根本没有注意到他吃饭的时候，咀嚼动作渐渐缓慢。他还抱怨你的母亲，说菜怎么越炒越生，让人连咬都咬不动了。那时你的牙齿正有力地嚼着一块七成熟的牛排，而眼睛正目不转睛地盯着最新的一场足球比赛，你甚至都没有听到他究竟在絮叨什么。

事实上，你们之间很少再有交流。当你的母亲偶尔让你给他买一些东西时，你总是理直气壮地说："谁知道他喜欢什么呢，不中他的心意，生了气抱怨我，还不如不买。"

他过生日那天，你被母亲提醒着，好歹提了两瓶好酒回家。他见了眯眼笑得合不拢嘴。你恰好站在门口，回头看他，突然发觉他的嘴巴里有东西在闪闪发亮。你这才发觉，他不知何时竟镶了三颗金牙。你没有问他在哪儿镶的牙齿，却背着他，偷笑着对母亲说："他干吗镶金牙呢，真是俗气，看上去像个没文化的暴发户。"

你的儿子开始会走路了，四处调皮地乱跑，他闲着没事，便过来帮你们看孩子。你总是看到你的儿子在院子里飞跑，从来都不会喊累，他却坐在椅子上,让这个小屁孩跑慢点儿,小心跌倒了将牙齿磕掉。你让儿子听爷爷的话,儿子却说:"不听不听,是爷爷走不动了,才不让我乱跑!"儿子说完了又一转眼珠,嘻嘻笑着对你说:"爸爸,你把那个我用过的学步车给爷爷用吧,他走得快了,就能陪我一起出去跑了。"他听了哈哈大笑,你却瞥他一眼,看见他双腿上曲张的静脉,像一条条骇人的水蛭,不动声色地吮吸着他最后的汁液。

某天他坐了轮椅,在医院的走廊里微微闭眼晒着太阳,你拿着一沓子化验单去找医生。经过他身边的时候,看见几个小孩子正将石子偷偷放到他脱下来的鞋子里,你气恼地追赶着那几个小孩,他们却笑着满医院跑,一边跑一边还唱着童谣:"老头老头玩火球儿,烫了屁股抹香油儿;老太老太玩火筷,烫了屁股抹香菜。"周围的人都跟着大笑,你看见他也咧嘴在阳光里笑了。然后你便听见其中一个小孩尖声叫道:"嘿,看那个糟老头,牙齿全掉光了!"

你看见他下意识地去捂住自己的嘴巴,而你,则扭过身去,假装什么都没有看到。可是,你却清晰地感觉到,那一刻,你的心正代替了眼睛,穿越一重又一重繁盛无边的光阴,一直回到你曾经张着没有几颗乳牙的小嘴,含混不清地喊他"爸爸"的那个原点。

那个和我最像的人

陈心

你是谁？你怎么哭了？

我和她越来越不像了。我穿职业套装，化精致妆容；她穿我前几年剩下的旧衣，面容憔悴，目光呆滞。我带她一起出去，没有人相信我和她是双胞胎姐妹，可我们曾经相像得连父母都无法辨认。

她比我早四十五分钟从母体出来，这四十五分钟，成了我们彼此命运的分水岭。常常，在我把她敲碎的茶杯、碗碟扫进垃圾桶的时候，在我不得不把她锁进小屋的时候，在我不止一次把跑丢的她从外面找回来的时候，我想，如果早出来的是我，我和她的人生是不是要重新写过？

她的病其实之前早有迹象，彻夜不眠，精神恍惚，目光涣散，时而自言自语，时而又沉默不语。直到有一天半夜，母亲在睡梦中被刺耳的笑声惊醒，开门出来便看到她正站在房顶上，披着一条床单手舞足蹈，她唱："小呀小儿郎，背着书包上学堂……"母亲扑过去想抱住她，她躲避着往后退，盯着母亲惊恐地吆喝："你是谁？不，不要靠近我……再过来我就跳下去……"

医院的诊断结果出来，她竟是严重的精神分裂症。医生问，她是不是受过什么大的刺激？我的心仿佛被人狠狠地抽了一下，火辣辣地疼。旁边的她却忽然很清醒地说："那年小玉没考上大学我都没事儿，还能有什么刺激？"

我抱住她瘦弱的肩说不出话。泪，一滴一滴落在她的肩上。她的身体在我的怀里不安地抖动着。她推开我，木木地问："你是谁？你怎么哭了？"我再也忍不住，掩面而逃。

咱们要争气

母亲生我们的时候难产，做了绝育手术。村里人背后都说"老苗家是绝户头，将来连个传宗接代的都没有"。在那个偏僻的农村，没有儿子不但让一村的人瞧不起，也会处处受人欺。没有儿子，父亲的腰就再也没有挺直过，见谁都是一脸谦卑的笑。所以，从小到大，我们听母亲说得最多的就是："你们俩一定要争气。"

我们俩在一个班读书，她比我聪明，也比我用功。事实上我和她，除了长得像之外，没有一点相像的地方。她温顺，懂事，细腻，敏感；我顽皮，泼辣，任性，虚荣。她不过比我大四十五分钟，却像个真正的小姐姐那样，处处让着我。每天上学前，她会仔细梳好自己的小辫，再来帮我梳乱蓬蓬的头发。上课时，我总是心不在焉，牵挂着树上那只鸣叫的蝉，或者抽屉里尚未读完的小说。她主动请求老师把位置调到我的旁边，帮我记笔记、画重点。因为有她，我虽然学得三心二意，成绩居然一直都不错。

那一次，我为了买一包棉花糖，借了同学大树五毛钱。过了嘴瘾之后才着了慌，因为根本没有钱还。两天后，平时一放学就准时回家的她，一直到吃晚饭才磨磨蹭蹭地回来，回来后就低着头躲着父母跑进我们的小屋里。我跟进去，才发现她的鼻子流着血，额头上青一块紫一块，嘴唇肿得往上翘着。我一呆，马上就明白，一定是大树把她当成我给揍了。

她没有怨我，只说："小玉，以后不要再借人家钱了。咱们要争气，不能让人看不起。"

梦想就像天上飘忽的云朵

她跟我描述她的梦想：考上大学，每天衣着光鲜地坐在舒适的办公室；买一套大房子，把爸妈都接出去，让村里那些笑话爸妈的人都看看，养女儿也能光宗耀祖。

说这些话时，我们正蹲在茂密的玉米地里薅草。她的眼神飘过密密匝匝的玉米丛，看向远处连绵起伏的大山。梦想就像天上飘忽的云朵，似乎风一吹就散了。

在等待高中录取通知书的那些日子，她和我一样惴惴不安、忧心忡忡。之前父亲已经讲明，凭家里的条件，两个人只能供一个。我们睡在一张床上，那些晚上，她总是翻来覆去，折腾到很晚。有一次，她忽然坐起来，试探着问我："小玉，你有把握考上大学吗？你的英语成绩……"我不理她，闭着眼睛装睡。是的，我的英语成绩不如她，事实上我所有的成绩都不如她，可是，我不能放弃这个走出去的机会。她便叹一口气，重新躺下。我半夜睡醒，她仍然睁着双眼直直地盯着天花板。

通知书还没下来，表姑从省城回来，说一个同事刚生了小孩儿，想找个保姆，一个月四百块钱，管吃住。表姑说，这家人条件不错，看我们俩谁愿意去。每月四百块钱，对我们一贫如洗的家无疑是笔巨款。爸妈都动了心，看看她，再看看我，拿不定由谁去好。我靠着墙，倔强地闭着嘴，目光冷冷地盯着她。她正在灶前烧火，背对着我们，我看不到她的表情，只看到她瘦弱的肩微微有些颤抖。僵持很久，她终于开口说："我去吧，小玉比我聪明，准能考上大学，我赚了钱供她……"说完她就急步进了灶房，门砰的一声关上。灶膛里一根燃了半截的柴火掉了出来，在地上兀自燃了一会儿，便慢慢地熄了。

十六岁，那个沉闷燥热的夏天，成了我和她命运的分水岭。我到县城读重点高中,她去省城做了保姆。

青春像一朵新鲜绽放的花

她很少回家来,每月的四百块钱,她只留下二十,剩下的都如数寄回家。那些钱变成了我的学费、生活费,变成了种子、化肥、农药。她不断地给我写信,叮嘱我好好读书,需要钱就和她说,末了,还是那句话:小玉,你一定要考上大学,为咱家争气!

我从来不给她回信,我觉得她烦,她才十七岁,怎么像个老妈子似的唠叨个没完?学校里到处是张扬的青春灿烂的笑脸,我很快便融入缤纷多彩的校园生活。操场上的排球比赛,春花灿烂时的郊游,高大帅气的男老师……我几乎忘了,在校园之外,还有一个和我一样有着如花青春的女孩儿。

高三那年,我学会描眉画眼,频频变换发型,可是仍然觉得自己是灰暗的,因为我没有李娜飘逸的丝巾,没有安小眉的纯棉长裙。我像一只灰扑扑的丑小鸭,梦想一夜之间变成白天鹅。

我只好给她写信,说学校让买学习资料。其实我是想买那套牛仔背带裙。我试过了,白色的镶蕾丝花边的衬衣,纤细的腰身,修长的裙摆,我第一次发现,原来自己也能如此美丽。

她很快就把钱寄来了,照例还是要我好好学习、给爸妈争气、要钱找她之类的老话。我把她的话丢在脑后,穿着那条裙子,享受着自己如花般绽放的青春。

这样的我,收获的结果自然是高考失利、名落孙山。

我的生命不再只属于我

她坚持让我再复读一年。其时我已心意阑珊,重回校园,却和一帮外校的问题女生混在一起,抽烟、喝酒、逃课……

那一次,我和一个同学跑到省城去玩。我们去游乐场坐过山车,去看电影，去中心广场喂鸽子……

就是在这时候我看到了她，她跟在一个打扮入时的女人后面，面色憔悴，干涩的头发束在脑后，弯着腰，低着头，怀里抱着一个两三岁的孩子。那孩子长得胖，她瘦弱的臂膀抱着已显吃力。女人一边走一边催她："快走啊，这么磨磨蹭蹭，要迟到了……"她紧走几步，怀里的孩子却突然哭了起来，她赶紧去哄。女人皱着眉头转回来，一把夺过孩子，厉声吆喝："你到底会不会抱孩子啊？猪也没你这么笨的……"

我的火一下就起来了，快速奔到她们面前，拉住那女人说："你跟她道歉！"她看着突然出现的我，又惊又喜，抓住我的手臂，焦急地问："小玉，你怎么到这里来了……"

女人不屑地看着我："哪里来的小太妹，也敢在这里撒野？"我抓着她不放，不依不饶地说："快道歉！"她在我旁边急急地说："小玉，别闹了啊……姐求你了……"

女人冷冷地对她说："苗小珠，你回去收拾行李，回家去吧。"

她愣愣地待在原地，半天才反应过来，连珠炮似的冲我嚷："好好的你闹什么闹？你马上就考大学了，学费从哪儿弄？……"

我低着头不答她，心却一阵一阵地疼。这个和我一样有着花季青春的女孩儿，用她的隐忍和委屈为我换取绽放的机会。而我，却毫不吝惜地挥霍着两个人的青春。

我开始拼命读书。因为我明白：我的生命不再只属于我，我在为两个人活着。

我结婚那天，她哭得跟泪人似的，她一遍遍地跟我说："等你工作了，买了大房子，一定要把爸妈接去享享福。"

我还没有买得起大房子，她就疯了。

母亲在电话里泣不成声，母亲说，她病后反反复复只唱那两首上学的歌，她是太想去读书了……我们一家人都欠她的……

我无语，泪顺着面颊滑落。那个和我最像的人，用她十年的青春，终于换来我的绽放，而她，却没落成一株乡间的野草，以另一种方式迅速凋零。

我把她接到我身边，送她去最好的医院治疗。不管她清楚还是昏迷，我都想让她知道：我爱她，很爱很爱她。

做父母的拐杖

父母为我们操劳了一辈子，可到了晚年却一点儿也不愿意麻烦我们。小时候父母是我们眼中的金箍棒，为我们撑起了一片天空；现在我们要做父母的拐杖，让父母依靠着稳步前行！

父母的手绘地图

张素燕

周末,我回老家看望父母。在帮父母整理房间时,从床铺底下发现了一沓厚厚的纸张。拿出来一看,是五张手绘的地图。每一张的地图形状都不一样。仔细一瞧,这每一张地图都是一个城市,上面用铅笔勾勒的轮廓已有些模糊不清,地图上被标注得密密麻麻,有很多各式各样的符号,能看得出这是表示不同的交通线路和一些建筑标志。旁边还有一些泛黄的小字,我捧到灯光底下仔细辨认,"上海九月八日,九月九日……"这些歪歪扭扭的字体后面画的是表示天气的符号。我翻阅着这五张手绘地图,每一张都是一个我曾经去过的城市。我的心猛地一颤,泪水扑簌扑簌滚滚而下。

大学毕业后,我辗转于几个城市找工作,先去了上海、江苏,后又去了广州、深圳。父亲不放心我,说一个女孩子在外面闯荡不安全,硬要跟我一块去,我坚决阻止。那时,自作聪明的我对父亲是不屑一顾的。父亲没上过学,斗大的字不识一个,让父亲跟我去,别说父亲管我了,我还得照顾父亲。于是,我独自出行。可每到一个地方,总会接到父母的电话,母亲会准确无误地告诉我当天的天气以及第二天的天气情况,并嘱咐我看天气穿衣服。

父亲则会精准无误地说出我当时所处的地理位置以及周边的地理情况。父亲甚至告诉我出门怎么乘公交车，他对我所在地的公交路线非常清楚，告诉我去哪儿要乘哪路车等，节省了我找公交车的时间。在后来的很多时候，我只要一外出，就提前把地点告诉父母，母亲会告诉我当地的天气情况，父亲则会准确给我提供乘车路线。我虽然身在外面，可我一点也不孤单，因为父母犹如在我的身边，他们为我的出行提供帮助，指导我的生活，为我的工作出谋划策。

我的心里一直有一个疑问，父母都是文盲，一辈子没有出过远门，如何能对外面的世界了解得那么清楚，而且对当地的地理位置以及乘车路线都了如指掌。可我每次一问起父母，他们总会笑呵呵地说："这有什么呀，谁让我们的女儿在那儿呢！"现在我一下子明白了，原来父母为了了解我所在城市的情况，亲手绘制了那个城市的地图，并对那个城市悉心地研究琢磨，关注这个城市的天气，研究这个城市的交通等情况。我不知道这五张手绘地图耗费了父母多少个不眠之夜，但我知道这里面凝聚了父母无限的关爱与牵挂！

不管我在哪里，不管我离父母有多远，我的足迹始终印在父母的地图上。一如那放飞的风筝，不管我飞得有多高多远，那条线始终紧紧地攥在父母的手心，为我掌控着方向，积蓄着力量。

母亲的萝卜条包子

张素燕

五一带着儿子回农村老家看望父母,父母沟壑纵横的脸上开出了灿烂的花朵。父亲从菜地里割回了新鲜韭菜,母亲忙着和面。我一惊:"不是说好了去饭店吃饭吗?"父母已年过古稀,身体虚弱,我不愿让他们再费事做饭,便提前预订了饭店。母亲嗔怪着说道:"守着家呢,花那闲钱干什么?""我们自己做饭太麻烦了,去饭店省事嘛。"母亲爱怜地笑着说:"家里有你最爱吃的春韭馅包子,饭店里有吗?"我无奈地耸耸肩,吐了吐舌头,便赶紧帮着父母忙活起来。

父亲调馅,母亲揉面,我擀皮,包子不一会儿就要上锅了。在外面玩的儿子回来了,看到我们包包子高兴地拍手叫好。当他看到是韭菜馅时,突然说:"妈,你还记着我们上次去山西玩时吃的萝卜条包子吗?我还想吃萝卜条馅的。"我瞪了儿子一眼,挥起擀面杖训斥道:"不许挑剔,做什么吃什么,韭菜馅的更好吃。"儿子噘起小嘴嘟囔着:"我就想吃萝卜馅包子。""这还不好办?姥姥是包包子高手,什么馅的都可以给你做出来。"母亲笑着说。我赶紧把儿子轰开,跟母亲说不要理他。

母亲解下围裙说去南屋厨房里坐锅烧水。我和父亲继续忙着包包子。

可过了好一阵子还不见母亲过来，我赶忙跑到南屋去找母亲，可哪里有母亲的影子？我正要打电话，只见母亲抱着一大包东西回来了。母亲高兴地说："找到萝卜条了。我记着你王大婶和刘二婶家好晒萝卜条，可这次她们两家都没有了。这还是从你马三婶家找的，她晒了半布袋呢！"母亲为了找萝卜条转遍了整个村子。看着母亲满头的白发、佝偻的身躯，我强抑制住夺眶而出的泪水，笑着说："娘，你也太实诚了，小孩子家随便说说的，你怎么当起真来了？"母亲笑着说，手心手背都是肉，闺女亲，外孙更亲呐！

母亲不顾劳累，赶紧把萝卜条用开水泡上，等它舒展后，捞出来剁成馅，再加上肉搅拌，最后放上调料等。霎时，香气氤氲开来，满屋飘荡。

等到包子出锅后，儿子一口接一口地吃着母亲蒸的萝卜条包子，边吃边高兴地说："姥姥包的包子真好吃，比上次我们在饭店吃的包子要好吃一万倍！"我趁机对儿子说道："姥姥的包子是外面买不到的。"

儿子边吃边点头，若有所悟地说："我知道，姥姥的包子是用心做的，里面有爱的味道。我们语文课上刚学了一篇《爱的味道》的文章，说的就是姥姥呢！"说着，儿子用双手做成了一个大大的心形。

母爱无边，永无止境，就如那涓涓流淌的小溪，永不停息。为了她的子女，为了子女的子女，她可以不知疲倦地操劳下去……

哭泣的雪花

张星船

"奶奶,雪花什么时候才会不哭?"

五岁的小孙子望着窗外纷纷扬扬的雪花,充满期待地问奶奶。

"雪花马上就不哭喽!因为雪花知道宝儿的爹娘快要回来喽!"

"是真的吗?奶奶说下了大雪我爹娘就会回来了。可现在我爹娘为什么还不回来?"

孩子水汪汪的大眼睛清澈、透明,晶莹的眼里有闪亮亮的水珠在滚动。看着一脸纯真、幼稚、充满渴望的小孙子,老人走上前去蹲下来,把他搂在怀里,早已纵横的泪水悄无声息地打湿在孩子柔软、发黄的头发上。

孩子的爹娘一年前去外地打工了。还记得他们走时就经受了一番与孩子别离的折磨。刚开始,爹娘决定跟孩子讲明道理,当面告别离去。娘告诉孩子,她和爹要去外面挣钱,要走一段时间,让他跟奶奶待在家里,要听话,要乖,爹娘回来会给他买好多好吃的、好玩的东西。可话还没说完,孩子的头就摇得跟拨浪鼓似的,大声哭喊着:"我不要吃的,我不要玩的,我只要爹娘。"孩子的号啕让爹娘没能走成。

第二次,爹娘硬硬心,直接走吧。又跟孩子一番好话相哄,背起行李包就走。可孩子却追着跑到村外，一边追一边哭喊着："回来，我不要爹娘走。"孩子撕心裂肺的哭喊让爹娘含泪而归。

前两招都不行，只好偷偷走吧。这也是爹娘不愿选择的方式，他们不想在孩子幼小的心灵上留下阴影，但这真是无奈之举。当孩子回到家后，看不到爹娘，便是哇地大哭，哭喊着找爹娘，任凭怎么哄都无济于事。整整哭了一大晌，嘴里念念叨叨，迷迷糊糊地睡着了。可是醒来后，又接着大哭。就这样，折腾了四五天，孩子的眼睛干涩了。孩子不哭了，也不闹了。奶奶那颗七上八下悬着的心终于缓缓放下了。这孩子总算过去这坎儿了。

一天，奶奶见小孙子在一张纸上画，便问："你画的是什么呀？""雪花。"奶奶这才看清了满满的一张纸上全是孙子所谓的雪花形状的东西。"你画这么多雪花干什么呀？""奶奶，我想起娘以前跟我讲过雪花是很神奇的，雪花可以帮助我们。我想告诉雪花，让我爹娘快点回来吧。"老人的心像被刀子戳了一下。原本以为孩子早已忘了的事，却没想到深深地刻在他幼小的心灵里了，他在用自己的方式期待着爹娘的归来。"那你要画很多天，雪花才能帮你呀。""只要爹娘能回来，我画多少都可以。"孩子每天都画雪花，边画边嘟嘟囔囔地自言自语。

可日子在孩子的期待中悄然无声地逝去，没带来任何惊喜，爹娘还是没回来。孩子再一次声泪俱下，这是爹娘走后的第二次惊天动地的大哭。"我画了这么多，爹娘还不回来。雪花还是不帮助我。"奶奶安慰着孙子说："宝儿，你知道雪花为什么不帮你吗？""为什么？"满脸泪珠的小男孩强止住哭声，像抓住了救命稻草，认真地听奶奶说。"因为雪花在哭泣。哭泣的雪花是不会帮助人的。""那雪花什么时候才会不哭？""当天上真正下大雪的时候，当雪花漫天飞舞的时候，雪花就不哭啦。到时候她就会帮助你，让你爹娘早点回来的。"老人的眼里也充满了期待。她想着，下了大雪，儿子儿媳总该回来了吧。

于是，孩子天天盼着下雪。可奇怪的是，那一年冬天，竟然没下雪。

日子在四季轮回中不厌其烦地重复交替着。

孩子依旧每天画着雪花。不同的是他在每片雪花的后面都加了一个哭脸,然后在每张画的最下面都会画上一片大雪花,在后面加上一个笑脸。

当秋天舞尽了最后一片落叶,又一个冬天挟裹着寒冷来临了。孩子心中期待已久的雪花也终于飞舞在人间了。孩子高兴得手舞足蹈,脸上开出了灿烂的花朵。可这场雪还是没能让孩子如愿以偿,爹娘没回来。孩子好不容易绽放笑容的小脸又阴云密布,酷似哭泣的雪花。

"奶奶骗人,奶奶说下了真正的雪花,爹娘就会回来了。可现在为什么还不回来?"孩子委屈万分地说。

"是啊!你爹娘要回来了。他们已经上车了,只是外面下着雪,挡住了他们回家的路啦!"

孩子一声不吭地跑到外面,从院子里找出他的小铲,开始铲地上的雪。他吭哧吭哧地铲着,不顾纷纷扬扬的雪花把他遮盖成雪人。

老人背着孩子,哽咽着给儿子打电话:"你们快回来吧,我没法再骗孩子了。"

孩子每天扫雪,直到第二场雪的到来。爹娘回来了,终于回来了,他们冒着大雪,远远地就看到被裹成雪人的孩子在清扫路面,旁边站着同样像雪人一样的老妈妈。

娘紧紧搂着儿子说:"我们再也不走了。"孩子蹒跚地跑回屋去,拿来厚厚的画满雪花的两个本子,泪流满面地说:"别让雪花哭了,好吗?"那稚嫩而纯真的声音,随着尽情飞舞的雪花弥漫开来,洋洋洒洒于天地间,飘进每个人的心底,舞出一片洁白。

拨开云雾见天日。大雪飘尽,<u>丝丝缕缕</u>的阳光如跳跃的火焰,融化了冰雪,融化了寒冷,融化了哭泣的雪花。

母亲的大锅菜

张星船

午饭时间和同事一块出去就餐。同事提议去吃"东北大锅菜"。这是一个很不错的餐馆。服务员很热情,不一会儿就端上来两碗大锅菜。同事吃了几口说,在外面吃过很多大锅菜,就是没有母亲做得好吃。是呀,母亲的大锅菜那才叫一个香呢!眼前又浮现出母亲做大锅菜的情景。

母亲把放入油中的肉丝烹上酱,撒上葱、姜、蒜、大料等佐料,然后再放两个西红柿,母亲说用西红柿的汁炖菜能提香味呢。之后再把洗净、切好的大白菜放入锅内,同时要放上海带,而且不加水,就这样先炖着,母亲说这样可以让油更好地浸润到菜中。炖得差不多了再加水。然后放入豆腐、粉条和妈妈自制的大丸子,调好火候炖着就行了。菜好时,一掀开锅盖,五颜六色的菜丸子都鼓着饱饱的、圆圆的大肚子正冲着你笑呢。最后,母亲再把调好的拌有葱花的香油、醋倒进菜锅里,菜就可以出锅了。吃着香喷喷的大锅菜,听着父母说着家长里短的事情,好温暖呢。可如今身在异地他乡,为了工作整日忙碌,吃饭也是饥一顿饱一顿,吃遍了附近所有的餐馆,可没有一家能有母亲的饭菜做得好吃。我以为就我自己有这样的感觉,却没想到同事也是如此。同事说:"外面的饭菜再好吃,也没有那种味道。是什么味道我也说不清楚，反正就是一种让你感觉很熟悉的味道。"

这不就是母亲的味道、母爱的味道吗？我突然很想回家，一是很想念父母，二是想念母亲的大锅菜。周末，我便踏上了回老家的列车。为了给母亲一个惊喜，我上了火车后才给父母打了电话。到家已是下午两点。一进门，一股熟悉的、诱人的、浓郁的菜香味扑鼻而来。菜还在火上炖着，只不过是特别微小的火。我顺势掀开热气腾腾的锅盖，上面漂浮着一层鼓着大肚子的丸子，白的、红的、绿的，令我垂涎欲滴。母亲怜爱地打了下我的手，嗔怪地说："都这么大了，还跟小时候一样等不及掀锅盖。这菜早就炖好了，为了等你回来吃，我特意小火煨着，大锅菜越炖越香呢。"

热气腾腾、色香味俱全的大锅菜端上桌，我和父母围坐在一起，我们边吃边说边笑，欢乐的笑声在饭菜的热气蒸腾中氤氲弥漫。饭后，我走到正在厨房里收拾的母亲跟前说："妈，我来帮您。""不用，丫头，你快跟你爸歇会儿去吧，我在家一天天闲着没事儿，干点小活儿解解闷儿，这儿马上就好了。"我被母亲轰到父亲跟前。

父亲问了一些我的生活、工作情况，而后幽幽地说："看来你是你妈最好的医生呀。"母亲本来生病了，打针、吃药也不见好。今天一听说我要回来，像遇见了神医一样，病也好了，精神也来了。她嘴里念叨着："太好了，妮儿终于要回来了。我给她做什么好吃的呢？对了，就做她喜欢吃的大锅菜吧。"父亲开母亲玩笑："你不是说以后再也不做大锅菜了吗？"

原来邻居家儿子娶媳妇，母亲过去帮忙炖大锅菜，可是不小心被油烫伤了。那时，母亲扫兴地说："以后再也不做大锅菜了。"可是今天母亲却不理父亲的话，马上就开始忙活起来。所有材料都准备妥当，可还是缺一样——菜丸子。父亲劝她买些现成的，可她不肯，说外面买的不干净，硬要亲手给我做。父亲拗不过她，只好帮着她一起做。先是要洗菜、择菜、切菜，然后还要剁成菜屑，最后裹上白面往油锅里炸，炸到外酥内软时再捞出来。母亲一共做了六种菜丸子。从接到我电话到我进门，她一直忙得手脚不停。我鼻子一酸，喉咙发紧，赶紧背过身去，拿出手机装作在看消息，任由泪水打湿手背……

跟父母，不商量

崔锦祎

　　周末和大姐回老家看望父母。我摸着父亲身上穿的衣服，对父亲说："爸，你身上这件保暖内衣不暖和了，我再给你买件新的吧。""买什么买？你看我的衣服都堆成堆了。别买啊，买了我也不穿。"父亲眼睛一瞪，着急地说。

　　我知道父亲是舍不得我花钱，便随口说："没事儿，一件保暖内衣花不了几个钱的。这次我给你买个厚点的，穿着暖和。""别买啊，你要是买回来，我就给你扔街上去。"父亲非常严肃且生气地说。这时，大姐冲我使了个眼色。我赶紧附和着说："我不买，行了吧。"

　　大姐私下埋怨我说："你想买什么就买呗，和家人商量什么？你一商量那肯定是不让买。家人怕我们花钱。你要是真买回来，他也就穿了。"大姐传授经验似的接着说："我上次给咱爸买了一个按摩仪，爸问价钱，我说二十，爸说挺好用的。当爸知道是三百买的时，说啥也不用了，非让我给退了，说又不好用了。我说不能退，爸心疼地说以后别买这么贵的东西了。爸不舍得咱们花钱，你要是提前跟他说，那他肯定不让你买。你想买啥，买就是了，不要跟父母商量。"

仔细一想,大姐说的话还真是这么回事。凡是问父母要不要买某样东西,那答案肯定是否定的,但是只要我买回去了,父母虽然嘴上训着、吵着"以后别再买了啊",可心里还是很高兴的。记得上次我出差回来给母亲买了一个保健枕头,母亲嘴上嘟囔着"买这东西干啥,净瞎花钱",可心里却乐开了花,逢人便夸:"俺小燕给俺买的枕头,睡着可舒服了。以前老是头疼、失眠,睡不好觉,可现在头一挨枕头就睡着了,一觉到天明,睡得可香了。"

可怜天下父母心。父母为我们操劳了一辈子,为了子女不惜付出任何代价,可对待自己却吝啬不堪,宁可自己省吃俭用,也不舍得让孩子们花一分钱。常回家看看,生活上的事情可以跟父母说说,工作上的事情可以跟父母谈谈,但是给父母买东西就不要提前汇报了。你看着父母缺什么,买就是了;你觉得父母需要什么,买就是了;你想给父母买什么,买就是了。

跟父母,不商量;买东西,无须说。

做父母的拐杖

崔锦祎

感冒数日不好,我在医院里打点滴。相邻的病床上是一位看上去有六十多岁的老大爷。老大爷在病床上坐着,手上扎着针管,鼻子上吸着氧气,两个女儿在跟前忙碌着。

大女儿跟旁人说:"我爸皮实得不行,能扛就扛,一直瞒着我们,不对我们说,怕我们知道。"她无奈地摇着头。小女儿附和着说:"就是,你说你有病了,就早点治,非扛着,直到坚持不住了才上医院。以后感觉不舒服就早点看,别再这么硬扛了。"大家附和着说:"是呀,以后有病就早点治,别不跟孩子们说,你有病不说,老是扛着,结果花钱更多,受罪又难治。"老大爷笑了笑,而后瞪大眼睛认真地说:"我不是不治,我是不愿意让她们知道,都忙,知道了都在这儿守着,撵都撵不走。"大家笑着说:"可不,这当老人的都不愿意麻烦孩子,能坚持就不愿让孩子知道。"

我的心被抽了一下,想到我的父亲。父亲常年咳嗽,这是从小落下的病根,当时生活条件差,没钱医治,一直拖着,形成了老慢支。我们一直劝父亲去医院看看,可父亲满不在乎地说,这还算个病呀!可近些天父亲咳嗽得越来越厉害,而且还夹杂着呼吸困难。我们硬把父亲带到医院,医生说拖着可不行，不舒服要及时治疗。父亲说："平时也不当回事，实在难受了就去村卫生所看看。我不愿意让孩子知道，上班都忙，不能再给他们添乱。"父亲总是报喜不报忧，让我们安心工作，不要挂念。

又想起了我们楼下的王奶奶，八十多岁的老人了，一个人孤单地生活着。那天在街上，我看到王奶奶手中拄着拐杖，颤颤巍巍地去买东西。我便跑去帮忙。我知道王奶奶的儿女都住在附近，就顺便问了句为什么不让他们来帮忙。王奶奶叹了口气说："他们忙，这点小事就不麻烦他们了。我这把年纪，也帮不上他们什么忙，就不能给他们再添乱了。""那您这样多不方便呀！"我有些担心地说。王奶奶看了看手中的拐杖，笑着说："没事儿，我有这个拐杖，出门有它跟我做伴，这就够了！"

父母为我们操劳了一辈子，可到了晚年却一点儿也不愿意麻烦我们。小时候父母是我们眼中的金箍棒，为我们撑起了一片天空；现在我们要做父母的拐杖，让父母依靠着稳步前行！

亲情不能等

船星

我平时工作很忙,没有时间回老家看望母亲,只好通过电话向母亲问好,并了解母亲的近况。每次给母亲打电话,母亲总说:"家里一切都好,不要挂念。你们都很忙,把工作干好,不要老想着回家。"听到母亲一切安好的电话,我就放心了,也就心安理得地不着急回家了。

前不久,出差路过老家,我顺便回去看望母亲。为了给母亲一个惊喜,我没有提前打电话。进了家门,我发现房间里没人,喊母亲也不应声。"这大冷天的,母亲能去哪儿呢?"走出门口,碰见邻居李大婶。她热心地说:"你可回来了,你娘都输液三天了,现在还在卫生所呢,你赶紧去看看吧!"我一边开车往卫生所赶,一边打通母亲的电话。电话通了,那端传来母亲的声音:"我好着呢。家里没事儿,你放心,有事儿我就给你打电话了。啥?我现在在哪儿?我现在正在家看电视呢。"我顾不上多问,挂断电话,一踩油门,很快就到了卫生所。

走进卫生所,母亲正打着点滴,脸色暗黄。见我进来,母亲一怔,惊喜地问:"你怎么回来了?"我转过身,泪水吧嗒吧嗒地打湿了手背。母亲忙说:"没事的,就是身体没劲儿,输点液就精神了。"这就是母亲电话里所谓的"一切都好",我的心碎了一地。可怜天下父母心,母亲怕我挂念,不说实情,说一切都好,是为了让我安心工作。母亲心里其实是盼着我们回去的。

从那之后,我不光给母亲打电话,还经常回家探望母亲。我对母亲是"知己知彼",母亲在电话里也不好意思再向我隐瞒什么了,总是笑呵呵地说:"你这跟侦察员似的,隔三岔五回来打探情况,我还敢骗你吗?你要真不信就回来看看。"

一天,微信响起,是同学群里的消息:"你有多长时间没回家了?元旦将至,记着给父母打电话。"马上有很多人接龙:"我好长时间没给家人打过电话了。""我打电话了,父母说没事,我也就放心了。""我电话倒是打了,但是我好长时间没回家了,心里老想着父母是不是如他们说的那么好。"我立刻回复:"电话要打,家更要回。亲情,不能等!"群里顿时喝彩声一片,大家纷纷点赞。

如今通讯网络方便快捷,一个电话便和家人通上话,甚至视频,但是多数老人为了让孩子安心工作,总是报喜不报忧。因此,不要总是相信父母的平安电话,"找点空闲,找点时间,有事没事,常回家看看",千万不要让打电话代替回家。

谢谢你喜欢不完美的我

我很想告诉妈妈，我长大了。虽然我还是不够聪明，但我已经学会了努力和坚持。我知道，取得成功的因素有很多，而努力和坚持却是最重要的。谢谢你，妈妈！谢谢你一直喜欢不完美的我，你的鼓励是我成长旅程中最重要的行囊。

父亲,听话

船星

周末回老家看望父母。在我们一家其乐融融的温馨交谈中,时不时地传来父亲的咳嗽声。我们赶忙问父亲:"咳嗽又厉害了?我们去医院检查下吧。"父亲喘了一大口气,故作轻松地笑着说:"检查啥呀?我这是老毛病了,你们又不是不知道。"是的,父亲是老慢支,咳嗽的历史比我的年龄都大。我们多次要父亲去医院检查,可都被父亲坚定地拒绝了。

父亲说:"咳嗽于我来说就是家常便饭,不算个啥,根本不用治。"可父亲的咳嗽却逐渐加重。我们都很担心父亲的身体,央求他去医院检查,可父亲眼一瞪,头一仰,手一挥,说:"不用检查,我自己的事情我清楚。实在咳得厉害我就会想办法了。"可是父亲所谓的办法也就是在村卫生所里拿点药、打个针,简单地将就一下。执拗的父亲任凭我们百般劝说,就是一口咬定"不去"。我们实在没办法就去搬救兵——我们的邻居张大爷,他在村里德高望重,父亲对他很是尊重。

张大爷语重心长地说:"孩子们,你们知道吗?你爹不去的原因有两个。一是怕花钱。我们都是从苦日子里过来的人,一辈子省吃俭用,勤俭节约,没舍得往自己身上花过一分钱。一检查就得花钱吧,你爹哪舍得呀,虽然花的不是他的钱,但也是你们辛辛苦苦挣来的,他心疼呀!这二来呢,你爹怕影响你们的工作。"

张大爷说,因为我们姊妹四个都在外地上班,平时工作很忙,如果父亲要治病,肯定都要请假回来照顾他。父亲曾经对他说过:"就算有啥事儿,我也不跟孩子们说,自己去药铺瞧瞧,拿点药吃就行了,跟孩子们一说就成大事了。你看吧,他们都得跑回来围在我跟前,忙前忙后的,耽误了他们上班。所以有事千万不能跟孩子们说。"最后,在张大爷的劝说下,父亲还是跟着我们去做检查了。

到了医院,做 CT,抽血化验。做完全面检查之后,医生说:"有病一定要及时检查,不要老以为没事,大病都是由小病引起的。你原来的老慢支如果及时预防治疗,也不会进展成现在的肺气肿和间质性炎症。"办理完住院手续,父亲跟我们约法三章:"你们该上班的上班,该忙的忙,不要请假,这儿有你娘在这儿就行。你们谁要是请假过来,我立刻拔针走人。"我们点头应允着,泪水早已模糊双眼。

可怜天下父母心,一辈子都在为子女着想。小时候,我们病了,父母经常对我们说:"乖,听话,把药喝了。"现在,该我们对父母说了:"乖,听话,有病咱得治。养儿防老,用得着孩子们的时候了,就让孩子们去尽孝。"

饺子里的爱

萨蒂

小时候，天天盼望着过年，因为新年到了，就可以吃饺子了。长大后，我却害怕过年，因为过年时我们都愁眉苦脸的。再后来，我又天天盼着过年，因为过年时我们的饺子里盛满了浓浓的爱。

吃现成的饺子还是在无忧无虑的孩童时代，父母把鼓着大肚子的饺子端上饭桌，我和弟弟狼吞虎咽地吃着，欢快的笑声在四处荡漾开来。可是到我上初中时，却物是人非，欲语泪先流。诚实忠厚的父亲被合作商骗了，对方席卷资金逃得无影无踪，父亲投入的全部家产也都不翼而飞了。面对着困窘的生活，父亲只好选择了外出打工，可他去的地方很远很远，据说是在非洲的一个小岛上，这也决定了父亲不能常回来。

岁月的印痕在季节变换中悄然加深。雪花飞舞，银装素裹，一个冬天又一个冬天，一年又一年。日日盼，夜夜盼，年年盼，盼着父亲那高大而熟悉的身影能出现在眼前，可六个年头过去了，流水落花春去也，不带来一点喜色。醒来是梦，父亲始终不曾出现。

在这六年中，我最害怕的就是过新年。一到了新年，家家户户都阖家团聚，喜气洋洋，而我们家里却冷清寂寞。母亲始终不言语，眼睛肿得像桃子。

我和八岁的弟弟，你瞅瞅我，我瞅瞅你，谁也不敢吱声。但是饺子还是要包的。母亲在案板上和好面，我和弟弟就来给当母亲打下手。一开始我擀皮，后来我也学着包饺子。尽管母亲告诉了我包饺子的方法，可我老是包不好。母亲好像也是心不在焉，从她手里包出来的饺子被凌乱地扔在帘子上，再加上我那不成型的作品，整个帘子上的饺子犹如打败仗的逃兵，像一盘散沙。饺子们看起来也酷似一张张哭泣的脸庞，一如母亲的那张脸。

所以，我害怕过年，害怕听到邻家的欢声笑语，害怕看到母亲那桃子似的眼睛，更害怕看到那哭泣的饺子……

冬去春来，又一个冬天挟裹着寒冷来临了。在一个大雪纷飞如天女散花的日子，我们日思夜想的父亲终于回来了。全家人拥抱在一起，融化了冰雪，融化了寒冷，融化了飞舞的雪花。

从此我们家里又恢复了以往的热闹和欢喜。过年时，母亲愉快地哼着小调，眉开眼笑地包着饺子，父亲则把饺子整齐地摆在帘子上，如排兵布阵，好有规矩，横看、竖看、斜看都是一条直线。饺子们葱茏挺拔地站立在帘子上，气宇轩昂地看着这个世界。"看，饺子在冲我们笑呢！"弟弟手舞足蹈地打趣道。我们都笑了，饺子也笑了，笑得那么开心，那么灿烂，那么舒畅，好像要把憋闷了几年的笑声全部爆发出来……

而后过年，我又天天盼。盼着新年欢天喜地地到来，盼着咧开嘴儿笑的饺子，盼着全家相聚的温情暖暖……

八百里地尽孝心

萨蒂

明天是奶奶的生日。刚接到母亲电话,说她已在回家的路上,十一点到。母亲不容我多问,就挂断电话,她怕浪费电话费。我心里咯噔一下,心都提到嗓子眼儿了。母亲是怎么回来的?她是怎么买的票?坐的什么车?我的心里像敲起了小鼓,七上八下,忐忑不安。

母亲六十多岁的人了,不听我们儿女的劝阻,硬要去北京打工。在我们不知道的情况下,她跟着村里的一个包工头和另外几个打工人一同坐上了北上的列车。我们都很担心,大字不识一个,又从未出过远门,且上了年纪的母亲,到那里人生地不熟的,又得给人干活儿,能受得了那罪吗?尽管我们每天一个电话问候,但还是放心不下。我很心疼母亲,多次劝她回来,可她硬逞着说没事儿。母亲走了两个多月,一直没有回来过。主要是因为没人和她做伴回来,她一个人不会买票,不敢回来。这次奶奶过生日,我们都不让她回来,可没想到她竟然回来了。这是母亲第一次自己一个人坐火车。

车终于到站了。头发有些苍白的母亲挎着一个多年前自己做的大布包,手里拿着一个小折叠板凳。"累吗?"看着她风尘仆仆的样子,我心疼地问道。

"不累。"母亲无力地笑着说。可憔悴不堪的面容遮不住她的疲惫和劳累。当得知她是坐火车回来时，我们都很震惊。去火车站买票坐车，是件很麻烦、很琐碎、很累人的事情，连我们经常出门的年轻人都发怵，何况大字不识一个、没出过远门、上了年纪的母亲呢？她是怎么去火车站的呢？又是怎么从火车站买的票呢？在我们的再三问询下，母亲给我们讲述了她去火车站买票的经过。

她昨天早晨就从工地出发，边走边问，换乘了两辆公交车，一路颠簸来到火车站。到了火车站，人山人海，每个售票口都排着长长的队，母亲也不知该从哪儿买票，见人就问，碰着有耐心的人还跟你搭个腔，但大多数人都忙着行走，理都不理。她问了半天，才找到售票口排上队。好不容易排到她，售票员却说只能买第二天的票，而且也快卖完了。午饭时，娘随便吃了点东西，然后就在那儿等着。在跟一个去石家庄的中年女子聊天时，她说母亲坐的车有夜车，建议她退了票重新买票。可大字不识一个的娘哪儿会退票啊！她问这个问那个，不知遭了多少白眼，受了多少冷落，最后在一个好心人的帮助下退了票，还扣了两元钱。为了表示感谢，她给那个人花了十二元钱买了一袋瓜子，然后她又去重新买票。这次买的是凌晨四点的车票。买上票了，她长出了一口气，连晚饭也没吃，就这样一直在大厅里等着。

"那您晚上怎么睡的？"

"哪儿还能睡呀！候车室里人满满的，连地上都横七竖八地坐满了人，都没有下脚的地儿。我就来回走着站了一宿，没睡。"可怜的母亲啊，竟然站了一宿没睡觉。六十多岁的人了，身体哪儿能顶得住呀！还记得我上次从北京回来，坐的是晚上九点的火车。在火车上困得不行，可睡不舒服，怎么也不得劲儿。到站时已是夜里三点，赶紧开上我们的车回家。一个小时的路程，让我承受了痛苦的煎熬。到家后，我合着眼匆匆地洗漱一下，然后就酣然入梦，一直到第二天中午才醒来。从那以后，我再也不坐夜车了。那个受罪劲儿，至今让我想起来都难受。

而母亲的火车，竟然没座儿，要一路站着。我的天呐，一个六十多岁的老人，一晚上没睡，凌晨四点要站上五个小时，哪儿能受得了啊！

"出门总能碰见好心人。"母亲感激地说。一个像我们这般大的小伙子，看好累，就给她买了一个小板凳，也就是她拿回来的那个折叠小板凳。可母亲给他钱，他说什么也不要。善良的小伙子，我们替母亲感谢你。因为你的善举，给一个从没出过远门的农村老大娘带来了方便，也给火车上的行人送去了温暖，更给她的家人带来了感动。你是我们大家学习的好榜样。母亲就这样，一晚没睡，辛苦劳累地坚持了五个小时，于今天上午九点到站，然后又坐上了回我们县城的汽车。

看到母亲这么辛苦，我们说："娘，这么远，你还回来干什么，自己人又不能怪你。"

可母亲却说："话可不是这么说的。你奶奶过生日，这是大事儿，不能不回的。别说是在北京，就是在国外，我也得想办法回来。"听着母亲的话，我们的眼睛湿润了。我们被母亲宽容的胸怀所折服。爸爸姊妹五个，当年奶奶忙着看其他孩子，顾不上管我们。母亲一个人带着四个年幼的孩子，忙得不可开交，致使当时仅有七个月的我从炕上滚到紧挨着炕的灶火上。火上坐着一锅水，我就掉进了锅里。幸好抢救及时，捡回一条命。村里人都知道她生活得艰难，没个替手的帮忙，可她毫无怨言。她对奶奶特别好，有了好吃的都要先给奶奶送去，还经常给奶奶买衣服。奶奶有事了，她都是第一时间奔到前面，忙前忙后，整个一顶梁柱。

母亲困得都睁不开眼了，我们劝她睡会儿，可她却急着要去看奶奶。她给奶奶穿上她从北京买来的一套漂亮衣服，一件红底儿碎花短袖和一条灰底儿上带有大花朵的宽松裤子。奶奶穿上新衣服，更显得精神矍铄、富态体面、神采奕奕了。

"百善孝为先"，母亲用她的实际行动为我们做出了很好的表率。这八百多里地不仅仅是一张火车票，不仅仅是六七个小时的车程，也不仅仅是在火车站站了一宿的辛苦，更不仅仅是饱含着艰辛与困难的路途。这是一份感天动地的孝心，这是一种此时无声胜有声的语言，这是一种一切尽在不言中的亲情。

八百里地尽孝心，平淡中浓缩了多少真情！没有惊天动地的壮举，没有可歌可泣的事迹，只有一片真心，一片深情……

谁让你是我哥呢

安宁

一

璇是小我三岁的妹妹,她的到来,纯属意外,因为父母已是被生活压得心力交瘁,再抚养一个孩子,无异于雪上加霜。所以每每看到丑丑的璇蹙眉在床上哭得昏天黑地,他们便心生了厌烦,几次下决心要将她送人。恰好都被我碰到,便用尽各种方式,哭闹、耍赖、绝食等等,把璇从陌生来客的怀里抢过来。母亲终于对我这个宝贝儿子没有办法,只好依了我,将璇养下来。但那时候并不知道为何要护佑着璇,只觉得这个不漂亮的丫头,每次见到我,哭声便会戛然而止,这让一向在学校里了无威信的我,有某种隐隐的虚荣心。但就是这样自私的动机,让懂事后得知这段经历的璇自此对我言听计从。

但我并不怎么喜欢璇,虽然她满足了我当将领的野心,可终归她是自己的妹妹,再怎么百依百顺,那快乐还是来得不彻底。而且她那么丑——稀黄的头发,细成一条缝的小眼,本就不白的脸上还散落着难看的雀斑,八字脚，走路的时候常惹来一群小孩子在后面嬉笑着跟着她走。很多时候，我在不远的地方看到了，却并没有"爱兵如子"的大将的风度，将那群讨厌的小孩赶走，而是烦乱地一转身，装作没看见，继续做自己的事。

璇并不怪我，在她的心里，我依然是那个值得她骄傲的哥哥。即便是有一次她被一个班里的小男生欺负，我在她底气十足的哭声里漠然走开，她还是那样热切又盲目地崇拜着我。我跟人打架，她觉得那是英雄作为；我学习成绩不如她同学的哥哥好，她便争辩说我是"不鸣则已，一鸣则惊掉所有人"的豪杰。我被老师赶到走廊上罚站，来来往往的人看到了，故意讲给她听，她则一扬脸，恶狠狠朝人凶道："有什么好看的，没见过帅哥吗？"

璇对我的这种近乎狂热的维护，并没有换来我多少感动。我照例对这个不讨同学喜欢也让父母忽略的丫头，如一本读厌了的书一样，再不愿意翻读。甚至曾经因为自己在外面被人奚落，而一度拿璇做出气筒，无缘无故地就朝她发脾气。这样的时光，直到我读高三那年才悄然结束。

二

那时父亲的胃病渐渐严重，无法再外出打工，一家人只能靠种地维持生计，但我们兄妹两人渐涨的学费，很快使生活变得捉襟见肘。高二结束的那个暑假，父亲的病突然发作，不得不住进医院，一个月后出院的时候，家里已是欠下了一大笔钱，我和璇的学费显然是很难再有地方筹到。

依然记得那是一个有些闷热的晚上，我躺在床上百无聊赖地翻书，璇低声地念着英语单词，母亲突然探头进来，犹豫着将璇叫了出去。片刻之后，我便听见隔壁房间里璇在低声地哭泣，许久，她才又走进来，收拾课本。我随口问她出了什么事，她一怔，即刻挤出一丝笑来，说："没事。"但眼睛，却是再一次红了。

我是在开学一个月后回家时才得知璇已经将所有的书本都卖掉，跟人去了北京打工。母亲漫不经心地将这个消息告诉我的时候，我忽然觉得一阵孤单，就像身体的某个部分被人砍了去，没有流血，但却是空荡荡的，觉得失落。明明知道是因为生活的窘迫，父母才让璇退学打工，但还是不甘心地问了一句："为什么不让璇继续读下去，她成绩那么好，将来一定可以考个好大学。"母亲看也没有看我，便淡淡回道："毕竟是女孩子，比不上你，是将来家里的脊梁；况且，这也是她自己愿意的……"

璇在北京打工的半年里，频繁地写信给我，讲述她在北京遇到的种种开心的事情，又一次次嘱咐我一定要考到北京去，这样她就能让一起上班的女孩子们见见她口中描述的帅气的老哥了。每一封信的末尾，璇都无一例外地加一句：千万不要浪费时间回信给我哦，好好学习，才是哥哥的正业呢。而我，也总是很听话地，不给璇任何回复，且心安理得地享受着她从北京寄来的正宗烤鸭作为对自己成绩进步的奖赏，却从没有想过，璇在写信的时候，是不是真的不渴盼任何回复；当她站在卖烤鸭的摊前，闻着她信里描述的那种摄人心魄的香味，十六岁的她，又会不会很没出息地流下口水；她又有没有如她的一个姐妹一样，发着烧还要坚持上班，连家都无法回……

而在璇的信里，我除了快乐，什么都读不到。

三

我终于如愿以偿地考入北京的大学。是璇去接的我，顶了三十七摄氏度的高温，在车站门口兴奋又紧张地睁大眼睛，注视着蜂拥而出的每一个人。一路上自告奋勇地提着笨重的行李，在挤公交的人群里为我拼出一条道路来。上车后坐定，她变戏法似的从鼓鼓的背包里掏出一瓶矿泉水来，看着口干舌燥的我，得意地说："口渴了吧。"我一把抓过来，咕咚咕咚喝下去大半瓶后，才想起来让让璇。璇抿抿嘴唇，擦擦额头细密的汗珠笑道："我早喝饱了，这是专门给哥买的。"这一声亲切的"哥"，让我在外人诧异的一瞥里突然觉得羞愧。无意中瞥见璇粗糙干涩的双手，还有瘦瘦的胳膊上被机器划伤的道道痕迹，内心因考入大学而在璇面前升腾起的骄傲，倏地便淡成一缕青烟。

　　我很惊讶璇对我所读大学的熟门熟路，她轻巧地在各个小道间穿行，不消片刻便到达了我的宿舍，甚至当我说到教室，她也即刻将所在位置脱口报出来。我问她原因，她都欲言又止，后来拗不过，便狡黠道："若哥哥肯在你们大学与我合张影，我就告诉你秘密。"我是最不喜欢拍照的人，但还是勉强答应下来。在气派的大学门口，按璇的指示，拿了大红的录取通知书拍下一张照片。拍完的时候，璇拿过我的通知书愣愣地看了许久，这才小心翼翼地放进我书包的夹层里，笑道："我以后就有个读大学的哥哥了，你不知道周围那些姐妹们有多羡慕我呢。"我并没有注意到璇说这话时的表情，只是自私地兀自虚荣了一阵，这才想起璇的秘密。

　　但璇却是拿别的话将我的问题岔了开去。我只沉浸在初入大学的喜悦里，并不怎么关心璇的心思。两个月后，我经济紧张，去找璇要钱。我在她宿舍等她下班回来时，看见那张合影，被璇用很漂亮的镜框精心挂在床头。照片上的璇，笑得如一朵被春天温柔宠爱的无名小花，只是一阵细雨，便绽开最甜美的笑容。她那样结实地依偎在我的身边，眉眼里满是欣喜与满足，就像考入大学的是她，而不是我。旁边璇的一个舍友看到了，便说："你不知道璇有多开心呢，她自得知你考入大学后，便隔两天就骑车跑到大学里去逛，说要在你来之前，把校园里每一条小路都记在心里，这样你开学的时候就不会迷路了；而且，她说如果继续读书，她也一定会报考这所大学，像小学时一样，与哥哥一起读书呢……"

<h2 style="text-align:center">四</h2>

　　我知道璇与我一样，是虚荣的，她在借我的荣耀为孤单在外打工的自己找寻一丝慰藉，但我却并没有因此便对她多么挂念，照例是用钱的时候在父母的嘱咐下找她要。我自认为，她只不过是在代替父母尽供我读书的职责，这是亲人间理所应当的事，不必说感激吧。

　　而璇，怕打扰我学习，很少与我联系，只在我去要钱的时候，很孩子气地让我陪她去食堂里吃一顿饭。工厂里的食堂，质量很差，即便是小炒，都有些让人难以下咽。我每次都吃得仓促又潦草，又指责她口红涂得难看，打扮也没有品位，让我这个当哥的没有面子。璇只是静静微笑着听，很少插言，偶尔会很神秘地从兜里掏出一个礼物来送给我，多是些不值钱的小玩意，一看就是闲暇时间她从一元店里淘来的，却都很实用。我问她哪来那么大本事，知道我缺了剪刀或是象棋，她从来都是一昂头，骄傲地说出同样一句话来："谁让你是我哥呢！"

但我却很少知晓十七岁的璇究竟在想些什么。我一直以为，她是个思维简单到有些傻的丫头，除了打工挣钱，连素常女孩子的粉色爱恋都没有。几个月后我才知道，璇原来是这样一个心思缜密又单纯到让人心疼的女孩。

那是一个周末，我又去找她。等了许久都不见她的影子，便烦乱不安地去厂区找她。走过一个安静的拐角时，我看见璇正和一个穿着厂服的男孩说话。不知璇说了些什么，男孩突然拉起璇的手便狠命拽她走，我不知哪来的一股气，冲上去便将那男孩打倒在地。男孩在不远处门卫的喊叫中爬起来便跑，我却对他紧追不放。跑了大约有几分钟，男孩子突然停住，打量我一番，不屑地说道："你便是璇读大学的哥哥吧，估计你除了知道向你妹妹要钱，对她为了省钱，连街都不敢逛，甚至每次只有你来时才舍得在食堂吃点菜的事一点儿也不知道吧。我记着你的拳头，也请你记住我的话和你妹妹的好，别以为谁都有义务给你挣钱花……"

怎么也没有想到，我与璇共同生活了十七年，却是从外人的口中知道璇那么爱我，而我，又这样冷漠地对待一个与我一样，渴望向高处走、渴望有小小的虚荣的丫头。

而我们，原是这个世界上最相亲相爱的兄妹。

老帅，加油

魏樱樱

一

"小帅，快起床，太阳都晒到屁股了。"在我还沉浸在甜美的睡梦中时，老帅一把掀开我的被子，冰冷的大手就要往我身上搓。

"救命呀，老帅欺负我。"揉着惺忪的睡眼，我一个骨碌翻起身，嘴里哇哇大叫。每次都是这样，大冬天的，我一赖床，他就使出这招。我是怕了他，再想睡，也不敢往温暖的被窝里钻，他那冰冷的手触到身上可不是好玩的。

在我穿衣服时，他已经顺手把我床头的 CD 机打开，任由后街男孩强劲的音乐充斥在我并不宽敞的房间。老帅一边扭着腰，一边舞动双手，头摇得像拨浪鼓。我迅速套上衣服，也跟着音乐扭动起来，活动活动筋骨。随着他把窗帘拉开，我们开始了一天的生活。

自从小学三年级那年妈妈病逝后，我就一直和老帅相依为命。他是我爸，我叫他老帅。其实老帅长得不帅，但他天生爱臭美。妈妈生前告诉过我，在我还没出生时，老帅就早早为我取好了名字，男孩叫郝帅，女孩叫郝美丽。他说他的名字郝世民，让他羞于向别人介绍自己，但如果听到别人叫"郝帅的爸爸"或者"郝美丽的爸爸"，他就会心花怒放。

其实老帅不明白，他早早帮我取好的名字，也曾给我带来过不少烦恼。你说，一个长得并不帅的男孩，名字偏偏叫"郝帅"，这不是让我难堪吗？如果有条地缝可以让我钻进去，我还真不想出来向别人自我介绍，多尴尬呀！

二

每天早晨，老帅都会早早起床准备早餐。我们家的早餐很丰盛，老帅说，早餐是"黄金餐"，不能糊弄自己。我不知道他是从哪学来的手艺，什么煎饼、蛋糕、包子、水饺、豆浆、花生浆、核桃汁、稀饭轮番而上，好几天才重复一次。

饭后，我们一起出门，我去上学，他去上班。老帅骑他那辆年代久远的摩托车。大冬天的早上，风吹到脸上，刀割一般。我整个人缩在他身后，紧紧贴着他的后背，手还塞进他的大口袋里取暖。老帅穿他那件穿了很多年的皮大衣御寒。皮大衣是妈妈生前为他买的生日礼物，一到冬天，他就穿到身上。时间太久的缘故吧，皮大衣早已失去最初的光泽，显得暗淡而粗糙，但老帅说，这衣服穿在身上暖和，一直舍不得换掉。

到了学校门口，我下车后，老帅停下摩托车，帮我戴好帽子，捂紧围巾，然后拍拍我的肩膀说："小帅，在学校要表现好哟！""知道啦！老帅，你好啰唆，当我小孩子呀，我都念初二了。"我笑话他，然后一脸灿笑地看他跨上摩托车。"你要慢点，记得放学来接我。"在他启动引擎准备离开时，我都会对着他的背影喊。"收到！"随着他的声音传过来，他的人已被湮没在来来往往的车流中。

风依旧很大，吹得脸生疼，但我心里却燃烧着一团熊熊的火，温暖着我整个身心。我知道，无论在什么情况下，老帅都不会抛下我，他说过，我们是最亲最亲的好朋友。老帅一言九鼎，他说过的话，一定能够算数。

三

记得我读五年级那年，有人帮老帅介绍了一个女朋友。见面前，他先来征求我的意见。

看他支支吾吾又涨红着脸，我就猜到了一个大概。"不行！我不想也不会接受的。"我生硬地拒绝他。"要不，我们先看看人再决定？"他恳求我。我摇着头说："不行就是不行，你说过我们才是最亲最亲的好朋友，除非你把我送回姥姥家。"说完，我眼圈一红，泪珠簌簌滑落。见我哭，他慌了神，忙安慰我。我知道他离不开我，其实我也舍不得离开他，哭鼻子只是我无奈的下策。都说后妈狠毒，我可不想遭这份罪。知道我的态度后，他再也没有在我面前提起过类似的问题。

我从来没想过，老帅才三十多岁，他其实应该重新拥有他完整的人生。年少时，我自私、固执，只想到自己今后的处境，却从没想过老帅孤单、凄凉的日子。我原以为，他拥有我就已经拥有了整个世界。

上初一那年的春节，老帅的同事过来家里玩。几个大男人喝了酒后，话也多了起来。他们在客厅说话，我在书房上网，断断续续的谈话声一直传到我耳中。我很敏感地听到他们又在劝他重新找个女的结婚。我竖起耳朵仔细聆听，心弦紧绷。

"算了，小帅不喜欢。"老帅说，声音里充满了遗憾和失落。"孩子会长大的，你总不能一辈子跟着他吧？"有人问他。"小帅这孩子真不懂事，我帮你劝劝他。"又有人说。"我们爷俩一起生活了这么多年早习惯了，只要孩子高兴，我还图什么呀？都这把年纪了。"老帅说完还自嘲地笑了起来，只是那笑声却犹如一根针，狠狠地刺在我的心坎上。

客人们离开时，老帅已经醉了。他躺在床上，一直喃喃自语。我帮他脱去衣服，再用热手巾帮他擦脸时，他突然就抱住了我，流着泪说："小帅，爸爸有你就够了。"我一时不知所措，任手里的毛巾滑落在地上，然后也紧紧地抱着他，任泪水恣意流淌。

安抚他睡下后，我坐在床沿，久久地凝望着他，才惊觉，不知什么时候起，他的面容已经渐显苍老。那是一个漫长的冬夜，窗外的寒风呼啸着，偶有鞭炮声响过。我一直坐在老帅的身边，望着酣睡中的他，想了很多以前不曾想过的问题。

四

我决定帮老帅找个伴，连人选都想好了。

我从小姑那里了解到，教我英语的姚老师是老帅以前的高中同学，就是歌中唱的那种《同桌的你》。姚老师的丈夫在几年前的一次车祸中丧生，她就一个人带着女儿生活。姚老师的女儿露露恰好是我的同学，我们还是多年的好朋友。我想，这种联盟应该是最适合的。

我并非乱点鸳鸯谱，是经过仔细观察外加收集线索后才决定的。姚老师是个善良、贤惠的女人，班上的同学都很爱戴她。她课讲得好，待人和气，是学校老师中最受学生欢迎的。我也喜欢姚老师，真心希望自己能够有这样的妈妈。

一天晚上，临睡前，我试探性地询问了老帅："爸，你觉得我们姚老师人怎么样？""很好呀，她是一个好人。"老帅说。"那你说说，她好在哪呢？"我追问一句。"她哪都好。""说说嘛！我想听。"我不依不饶。"你这孩子，怎么啦？你自己的老师你不了解？还问我。"老帅反问我。"你们以前不是同学嘛，肯定比我清楚。"我意味深长地说。老帅听了我的话后，警觉地看了我一眼，说："早点睡，明早又该起不了床。"他离开后，我躺在黑暗中，一遍遍分析老帅的话，在想着该怎么帮他捅破这层纸。

我找到露露，把想法告诉她后，我还盼着她支持我，没想到，这一向温顺的小妮子居然会一千个不同意，还警告我别出馊主意。我据理力争，但露露就是咬牙不松口。第一次会谈失败，我们不欢而散。但我感觉到，她开始陷入沉默。

没办法，我只好打出感情牌，走曲线救国的道路。毕竟我和露露是多年的好朋友，我常邀她一起玩，为了讨好她，我处处哄她开心。我还可怜兮兮地向她倾诉没有母爱的孤单，诉说我对母爱的渴望，单亲家庭的种种凄凉，添油加醋，把自己讲得跟个可怜虫似的。同时，我也把老帅讲得英明神武、和蔼可亲，把他的种种优点无限放大。我知道露露明白这些，老帅对我的好，她看过，单亲家庭的孤单，自从她父亲车祸去世后，她也明白，她有和我一样的隐痛。

　　"我们都是父母最疼爱的孩子，他们爱我们，愿意为我们做任何事情，甚至牺牲掉自己的幸福，可是我们呢？总得为他们做点什么吧？他们除了抚养我们长大，还应该有自己的人生……"我诚恳地说。露露望着我，眼中噙着泪，不再坚持反驳了。

　　我一边做露露的工作，一边怂恿老帅什么时候请姚老师到家里来。在学校里，我是姚老师的得意门生。她对我的好大家有目共睹，就连露露也曾不满地说："我妈对你比对我还好！"那段日子，我更是一有空就跑到办公室找她，打着问作业的幌子，实际上是暗中观察，看看老帅是否已经开始行动。

　　露露在我一次又一次动之以情、晓之以理的说服下，终于点头答应和我一起撮合老帅和姚老师的爱情。其实，我们都是脆弱的孩子，害怕父母再婚后自己再也得不到一份完整的爱。

　　曾经我也和露露一样，用我的自私固守着最后的亲情，但在初一那年的冬夜，在父亲酒醉后抱着我痛哭时，我才渐渐明白自己对他的残忍。毕竟，每个人都有权利追求自己的幸福和完整的人生。

五

　　和露露结成联盟后，一切事情就好办多了。露露是个实心眼的女孩，她开始并不相信老帅有我说的那般好。我就请她到家里实地考验，暗中观察。老帅炒的菜，首先就收买了露露的胃。老帅为我而建的网页让她叹为观止，老帅发表过的一篇又一篇文章让她爱不释手，老帅自弹自唱自录的CD片让她大开眼界。最让她欢喜的是，老帅和我的相处方式和交流内容，那是绝对的"Good Friend"。她躲在我房间，紧紧地抓住我的手问："老帅真的很好哟！为什么不早告诉我？他绝对是个好爸爸！""现在抓紧也来得及呀，他暂时还没有被人抢走，不过，要快哟！"我把露露逗乐，两个人笑得像两朵怒放的花。

可是，在我和老帅正式摊牌时，他犹豫了，还狐疑地盯着我的脸看，想弄明白我的意图。"老帅，我已经长大了，自己会照顾自己。只是现在，我想要个像姚老师一样的妈妈，拜托你，加把劲，把她追来，好吗？"我真诚地说。"臭儿子，拿你老爸开涮呀？"他瞪着我问。"我只想知道，你有没有信心呀？需要儿子一起出马吗？"我说。

老帅看着我，笑得眉毛都挤在一起。突然他一把将我搂在怀里，泪水湿了我的肩膀。原来，我已经和老帅一样高了。

"按你的想法去过你想过的生活吧，我支持你。"在老帅的怀里，我低声说。我再一次感受到，这温暖的胸怀依旧是我这一生最坚实的依靠。

我没有告诉露露，也没有揭发老帅，其实从我上初一开始，他就已经在和姚老师交往，并且有书信往来。他们都是历尽沧桑的人，都重情重义，彼此欣赏和爱慕对方，只是碍于孩子，怕孩子反对，他们不敢公开交往，更不敢把爱说出口。

我是找书时，偶然在老帅的书柜顶层发现那些信件的。在强烈的好奇心驱使下，我打开了那一封封信来看。看完后，我再也无法平静下来。我知道我该为老帅做点什么，该为他们的爱情做点什么。我不可能当作什么都不知道，继续享受我的人生，而让我挚爱的老爸在孤独中老去，面对自己的爱情，只能无奈地挥手作别。

"老帅，加油哟！我会为你祝福的。"我抱着老帅，在他耳边大声说，任幸福的泪水沾满他的脸颊。

米粒,你是第二眼美女

罗礼胜

一

小学毕业的那年夏天,父母为了犒劳我的努力,假期里带我去了趟北京。那趟北京之行,我认识了一个叫米粒的同龄女孩。

这个和我生活在同一城市,名字叫杨米粒的女孩,皮肤有点黑,脾气有点大,而且特别爱说话。那次旅行,就她话多,当大家都累得不想说话时,她还精力旺盛地为大伙儿唱歌。因为年纪相仿的缘故,她喜欢和我待在一块儿。可是我不喜欢她,不仅仅因为她长得比较黑,最最重要的是,她居然叫我"小不点",还要我听她指使,一派高高在上的架势。

米粒很活泼,话多,点子也多。在游故宫博物院时,一些没开放的地方,她也偷偷溜进去看个究竟。可能她看书挺多的,一路上都是她滔滔不绝地配合导游给大伙讲解,频频获得大家的夸奖。我很沉默,也很郁闷,在活泼的杨米粒面前,我就像还没长开的小孩,不仅个头比她矮上半头,说话也不如她。

返途中，我就暗下决心，以后再也不要见到杨米粒这个黑黑的女生。虽然她的父母和我的父母因为那趟旅行已经成为朋友，但我并不想和她有任何一丁点儿的关系。

万万没想到，上了初中，我和她居然成了同班同学，初二那年还"不幸"成为同桌。

二

杨米粒是永远不甘于安静的那类女生。刚上初中，毕竟大家来自不同的小学，显得陌生而拘谨，刚开始一段时间，谁也不怎么说话。

班上就杨米粒最活跃了，她高谈阔论，和谁都有说不完的话。个头高挑的她喜欢穿五彩缤纷的连衣裙，像一朵彩色的云飘荡在校园里。长长的马尾辫在她昂首挺胸走路时摇来晃去，招来了不少关注的目光。

"那个米粒，长得不漂亮，还很黑，居然敢穿那么鲜艳的裙子，也不怕人笑话。"

"就是，她还自以为是什么大美女呢？"

班上有女生在背后偷偷议论她。

这些话可能杨米粒也知道吧，但她很自我，根本不屑旁人的议论，每天依旧穿着色彩艳丽的衣服在学校招摇。

我是怕了她，在上初中后，第一次在教室里见到她，我出了冷汗。

"小不点儿？真的是你呀？没想到我们这么有缘，竟然成了同学。"她再次见到我时一脸欢喜，边说话还边比画我的个头。去旅游时，我比她整整矮了二十厘米，她就叫我"小不点儿"。

"暑假都过去了，你还没长高呀？依旧这么矮。要多锻炼哟，你实在是太矮了。"杨米粒说得兴致勃勃，根本没看到默不作声的我眼中冒出的怒火。

我不理睬她，心里却很是郁闷。遇见这样的女生，以后有得受了。她爱说，也会说，什么时候都闲不下来，浑身有使不完的精力，对什么事情都充满热情。还好，很快，她就把注意力转移到竞选班干部的事情上，我才稍微松口气。

我坐第一排，高个子的杨米粒坐在后面，彼此间隔得远了，也就少了一些纠葛。

三

成绩中等、性格内敛的我在班级里并不突出，时常都处在被人遗忘的角落。我很享受这样的时光，每天过得悠然自得。我不喜欢被关注，那会让我不知所措。

有很长一段时间，我和杨米粒都没有交流。我安静地过我的日子，她精彩地过她的生活。她确实过得丰富多彩，不仅考进校舞蹈队，还成功应聘了校广播站播音员，在班上又是宣传委员兼英语课代表，一身多职。最让我不解的是，如此忙碌的杨米粒，成绩却稳居班级前三名。如果不是数学拖了后腿，她在年级里的排名也能进入前三。

我挺好奇这个黑黑的女生，她活得生机勃勃，像一株生命力旺盛的小树，有一点阳光雨露就可以蓬勃生长。

杨米粒不仅穿衣打扮吸人眼球，学习成绩更让人纷纷侧目。就像一位同学说的，杨米粒把青春的大旗挥舞得猎猎作响。

说不嫉妒她是假的，毕竟每一个成长中的人都渴望得到别人的关注和认可，可是杨米粒把这一切都占光了。她会的东西特别多，时常参加学校的各类竞赛，硕果累累。就连学校运动会，她也当仁不让地大放异彩。参加女子一百米决赛时，她像一只昂首阔步的小鹿，飞扬的马尾辫惊呆了所有围观的同学。当她像一支离弦的箭冲过终点时，所有喜欢她和讨厌她的同学都不禁为她拍手欢呼。

老班就像捡到一块宝，对杨米粒是宠爱有加，每次班会课，总有几分钟是专门表扬她的，号召大家向她看齐。

杨米粒锋芒毕露，还很招摇，虽然大家都很羡慕她，却也嫉妒她。当老班一次又一次表扬她时,首先从女生开始,她们集体排斥她。没有一个女生愿意和她处在一块。有个心直口快的女生一语道破:"谁愿意天天当她的绿叶呢?再说她老爱指使别人,凭什么呢?"

上到初二时,杨米粒竟然成了孤家寡人。班上没有人愿意与她同桌,说她太优秀,压力太大。我不知道,老班当时怎么想到了我,居然让我和杨米粒同桌。我有点不愿意,但不敢违老师的安排,只能勉强接受。

四

和杨米粒同桌,真的很"不幸"。

她自己也知道被人排斥,但毫不收敛。我把东西搬过去时,她笑着对我说:"小不点儿,你长高了不少呀,居然超过我了。"看她还把我当成以前的小孩子,我有点恼怒地应她:"就准你长,不许我长呀?"

"变化很大嘛,都知道还嘴了?"她凑过来说。

我闪开了,与她保持一定的距离,我才不想因为她自己也被人排斥。谁不知道杨米粒很难相处,说话从不拐弯,一开口净得罪人呢!可是她没有放过我,不仅管起我的学习,还逼着我跟她一起到操场跑步。她嘲笑我一个男生,学习不如她,跑步也输她,气得我牙痒痒的。

有一天下午,我去教室时,听到里面有人在争吵。一听声音我就知道是杨米粒,也不知是为了什么事,她和两个女生争得面红耳赤。那两个女生一唱一和,演双簧似的把口齿伶俐的杨米粒堵得哑口无言。

看着气喘吁吁的杨米粒,我知道她气极了,连眼圈都气红了。那两个女生还是没有放过她,竟揭她的伤口,说:"你长这么黑,可以到非洲去竞选非洲小姐了。人黑,心也黑……"

杨米粒最怕别人说她黑,一时语塞,而班上又同时响起一阵窃笑声,可能是太丢面子了,杨米粒忍不住"嘤嘤"地哭泣起来。

见到杨米粒哭,那两个女生才迅速离开教室。

我看见她哭,心里莫名地有些兴奋,没想到她也会有这样的时候。可是当我看到哭得身体颤抖的她时，突然又感觉她很可怜，她那么要强，现在却哭得梨花带雨。我掏出纸巾递给她，她扬起头冲我嚷："我不要你可怜，我知道你也不喜欢我。"

"没有啦！怎么会呢？你那么优秀。"我轻声安慰她。

杨米粒依旧趴在桌子上哭，直到上课时才抬头。她的眼睛红肿，看了让人心疼。

放学后，我刻意和她同路，与她保持不远不近的距离。

"小不点儿，你跟踪我？是想送我回家吗？"杨米粒早发觉我在尾随她，一个街角拐弯时，她把我抓个正着。

我闹了个大红脸，一时不知说什么。

"逗你玩啦！不过，谢谢你！我没事的。"杨米粒笑了起来。

她的笑明媚生动，露出一口干净的牙齿。我第一次觉得杨米粒其实是个蛮漂亮的女生，以前可能是因为不喜欢她，所以根本不曾注意过她。

漫长的路上，我们东拉西扯，说了很多话。

"我知道，你们都不喜欢我，可能是我太爱表现自己了。"杨米粒说。

"羡慕嫉妒恨呗，你太优秀了，我们都只能仰视，还有就是你说话时太直接，有时很伤人，让大家接受不了。"我不知如何委婉劝导，就如实说了。

杨米粒听完沉默了很久，不知她想了什么，临离别时，她也没再说话。

五

我感觉到杨米粒的变化时，已经是初三了。

那时面对即将到来的中考，大家都铆足了劲。杨米粒什么时候开始没再去舞蹈队，没再去广播站，我居然都没发觉。我只是看到，她的几何成绩越来越差，与她其他科几乎满分的成绩相比，六十多分的几何成绩让她颜面扫地。

我是几何课代表，那些在我眼中很简单的几何题，到她那里却变得异常复杂。每天的晚自习，她早早做完其他作业，然后咬着笔杆子专攻几何，可还是不行。

我想过帮她，可我自己也有一大堆搞不懂的题，每天都弄得我焦头烂额。

一天晚自习，我对着天书般的英语作业一筹莫展时，杨米粒也坐在那发呆。我探过头看，又是几何。我们相视苦笑。

"要不，我们合伙吧，互相帮助。你教我几何，我教你英语，还有其他科。"杨米粒提出建议。我想也没想就答应了，除了几何，她别的科都很好。

当天晚上，我们的合作就开始实施。除了解决作业难题，我们还互相交换了学习心得。她为我制订了一张学习计划表，然后把她的课堂笔记本给我，让我回家看。

要想取得好成绩，除了要努力，还要有方法。我和杨米粒各自发挥不同的强项，帮助对方弥补弱项。我们的关系变得很亲密，但那时，大家都忙着备考，谁也没闲工夫理睬我们。

那是一段兵荒马乱的备考时光，不过，我和杨米粒都过得很充实。除了学习，我们也聊别的。有一次，她竟然问："小不点儿，我算不算美女呀？"

她一直叫我"小不点儿"，虽然后来，我已经高过她很多了。

"还好吧。"我敷衍她，和女生聊这个话题很别扭。

"告诉我真话，可以吗？"她问得很认真。

我想了想，亦很认真地说："你是第二眼美女。第一眼，你太张扬，虽吸人引眼球，也让人害怕，感觉不到你的美丽可爱，只有第二眼，当与你慢慢相处，了解了真实的你后，才会感觉到你的美。"

"第二眼美女呀？那就是第一眼不美呀。"杨米粒叹气。

我扑哧笑出声来。她还在意这个呀！其实慢慢长大的她早已和过去不一样了，虽然她还是张扬和喜欢穿得花枝招展，但她说话时，已经温婉了很多，不再是带刺的黑玫瑰。

谢谢你喜欢不完美的我

阿杜

一

我一直都觉得自己比别人笨,算数字脑袋不灵光,背课文老背不熟。在学校里,同学嘲笑我"大地瓜",老师也不喜欢不聪明乖巧的我。我很苦恼,我觉得我已经很努力了,但依旧考不到好成绩。

在少年宫学吹竹笛时,第一节课,我累得汗流浃背,吹得脸色通红,连嘴唇都紫了,还是吹不响。看着那些轻轻松松就能吹响笛子的同学,我羡慕极了。看着老师失望的眼神,我挺直脖子,更用力地吹。"没事的,慢慢来,别急!你是第一次吹呀!"妈妈见我着急时,抚摸着我的肩膀,轻声安慰已经手足无措的我。

望着妈妈鼓励的眼神,我下定决心,一定要把竹笛吹响。我听过别人吹竹笛,喜欢那悠扬的笛声,是我央求妈妈带我来报名的。当我鼓足劲终于吹响第一声竹笛时,妈妈满脸欣喜地说:"哇!小宇好棒!你做到了。"她抱着我,激动地把我揽入怀中。

老师看了我一眼，漫不经心地说："一晚上了，你是最后一个吹响的。如果真想学，以后可得下苦功，好好练，要不我没法教你。""一定会的，他很棒！"我还没回答，妈妈就急着帮我回答了。"我是问孩子，不用你什么事都替孩子做主。"老师埋怨道。"是，是，是。我以后一定注意。"妈妈连连点头说"是"，脸上满是尴尬的表情。

我深深埋下头，不敢看老师，也不敢看妈妈。我知道，如果不是我笨，妈妈不会被老师埋怨。有很多次了，都是因为我学东西比别人慢，害妈妈被老师批评，说她辅导孩子不用心。可我知道，妈妈已经很尽心尽力了。她总是陪着我，给我鼓励，为我加油，一丁点的进步她都会夸个不停，但除了她之外，别人只能看见我的笨和迟钝。

二

我学了六年的竹笛，每一堂课都是妈妈送我去的。少年宫离家远，但妈妈风雨无阻。有一次上课前雨下得特别大，我看着窗外的滂沱大雨，心生畏惧，不想去上课。

"老师没通知不上课，我们就得去。"妈妈说。我指着窗外怯怯地说："雨大，我怕。""有妈妈陪你，怕什么？雨天最能考验人了，小宇从不缺课的，不是吗？你最勇敢了。"妈妈耐心地劝导我。看她那么坚持，我只好答应。可是当我们冒雨赶到少年宫时，居然只有我们俩。看着漆黑的教室，我哭着责怪妈妈："大家都没来，老师也没来，我说了不来的。"

妈妈打电话问老师，老师说发短信通知不上课了。妈妈在手机上翻阅一阵后，说："李老师，我没收到短信呀！什么时候发的？""雨那么大，就算没发短信，你也该想到呀！"站在边上的门卫大爷插了一句。妈妈顿时愣住了。她关了手机，默默地站在屋檐下，任飘飞的雨滴洒在她的身上。

"妈，你衣服湿了，进来一点。"灯光下，我看见妈妈的眼角濡湿了，但很快，她伸手在脸上抹了一把，往墙角挪了几步。"你这孩子学了那么久，还没别的新生吹得好。"大爷在妈妈愣神时又说了一句。我的脸瞬时涨得通红，还好背对光，没被发现。但妈妈却说了："大爷，我这孩子很刻苦，他喜欢吹笛子，吹得不错的。"妈妈说着，伸手揉了揉我的头发："对吧，小宇，你很棒！"

我看见大爷摇了摇头，嘟囔着走进传达室。"大爷，要不让我儿子为你吹一曲，看看他有没有进步？"妈妈跟着走进去。"好吧，吹一曲，反正闲着也是闲着。"大爷说。

"小宇，听到了吧，大爷想听你吹一曲。"妈妈走过来说。望着她充满柔情的目光，我无法拒绝，于是拿出藏在衣服里的竹笛，认真地吹起来。

那天晚上，在传达室，我吹得特别用心，似乎以后再也不能碰笛子了，我很珍惜，吹得淋漓尽致，手法也比往日里熟练。悠扬的笛声响在瓢泼的雨夜，我的眼前仿佛看见了很多很多的人，他们都陶醉在我的笛声中。一曲终了，妈妈和大爷的掌声同时响起。

三

我的竹笛越吹越好，可是我的学习还是没进步。半期考结束后，妈妈又被老师叫到来学校。我悄悄跑去偷听时，老师正对我妈妈说："你儿子，认真是很认真，可是成绩总上不去，得想个法子呀！"

"嗯！我一定配合老师。"妈妈说。

"他是不是脑袋……"老师欲言又止。

听到老师的话，我耳朵竖了起来，想听听妈妈会如何说。其实我已经从邻居口中知道一些事，在我小时候有一次半夜发烧，妈妈当时上夜班不在家，而爸爸那天晚上喝了酒睡得很沉，根本没听到我哭。我的脑子烧坏了，别人都这么说。我猜想爸爸和妈妈离婚也是因为我吧，他不想要我这个累赘。

"他脑袋很好呀，只是学东西比较慢。老师，谢谢你！我回家后会多辅导他的，也请您多费心了！"妈妈说着，推门走了出来。

来不及躲，我已经被妈妈看见了。她招手叫我过去，拍拍我的脸说："老师说你再努力一些就更棒了，要加油哟！""是呀，小宇，要加油哟！"

老师说。他的表情很尴尬，但那次后，我明显感觉到，老师对我更好了。

很久以后，我才知道，老师一直为他自己说的话感到抱歉。他对其他老师说，一个单身妈妈带孩子真不容易，我能感觉到他对妈妈的敬佩。每次妈妈来学校接我时，老师都会主动向妈妈说起我，说我进步了。

妈妈欣慰的表情让我小小的世界充满了欢喜。我喜欢看见她笑，会觉得这个世界都生动明媚起来。我一直很努力、很努力地学习，我希望能多考几分，这样妈妈会为我高兴，为我骄傲。

我知道自己是个笨孩子，即使我很努力，也比不过其他人，但书上告诉我"笨鸟先飞"，如果我能够一直一直很努力，专注做好一件事，我也能够给妈妈带来荣耀。

她从来没有嫌弃我。

四

妈妈用她极大的耐心教会了我很多东西。

教我洗碗时，我手滑摔破了碗，她没骂我，只是让我要小心别割着手；教我煮饭时，我忘了放水，烧坏了电饭煲，她对我说，下次记得放水就成功了；教我整理房间时，她一边指点，一边让我自己动手，时刻都在鼓励我……她总是陪着我，无论是我吹笛子时，还是写作业，她都坐在边上，脸上挂着欣赏的表情。

慢慢长大后，我的脑袋似乎也渐渐开窍了。虽然和聪明的孩子比我还是落后，但相较于过去的我，我觉得自己真的很棒了。我能够吹出悠扬的笛声，再也不会被邻居说成是噪声；我能写一手漂亮的楷书，还在学校的比赛中得了第二名；我的成绩都及格了，老师们夸我进步很大。在妈妈的带动下，我还喜欢上了看书，后来又迷上了写作。

我和妈妈比赛写故事，她夸我写得比她好，还让老师推荐给杂志社。随着第一篇故事的发表，点燃了我极大的写作热情。每天除了学习、吹笛子，我就抓紧一切空闲时间写故事。

我写的一篇关于笨小孩的成长故事发表了,妈妈搂着我泪湿眼眶,哽咽着说:"小宇,你不是笨小孩,你和所有的孩子一样聪明。"

那个故事里的笨小孩生来很笨,被所有人嘲笑,经历了种种磨难,但唯有妈妈一直欣赏他,给他鼓励。在妈妈的帮助下,笨小孩通过长期不懈的努力终于取得了成功。

这是我写给自己的故事。我相信只要我一直一直努力,一定也能够取得成功。我通过这种形式给自己鼓劲。我明白,在这条艰辛的成长路上,唯有妈妈陪着我,唯有她一直喜欢不完美的我。

我很想告诉妈妈,我长大了。虽然我还是不够聪明,但我已经学会了努力和坚持。我知道,取得成功的因素有很多,而努力和坚持却是最重要的。

谢谢你,妈妈!谢谢你一直喜欢不完美的我,你的鼓励是我成长中最重要的原动力。

我的老师有魔法

龙岩阿泰

提起我们六班，学校里的老师无不摇头，那是一个彻头彻尾的烂班。

初二那年，班主任换成一个刚毕业的女老师。乍听到这个消息时，我真想让父亲帮我转到其他班去。那些教学经验丰富的老教师都没能降服我们，一个刚毕业的丫头片子还不哭着冲出教室？

第一天上课，我是抱着看热闹的心态期待她的出现的。铃声一过，她准时迈进教室。看见她，我更失望了——原来是一个戴眼镜的弱女子。

"大家好！我是许——"她笑容可掬地自我介绍，话还没说完，一个女生就插话："好什么好？上课无聊。"紧接着，整个班就喧哗起来。

她的脸瞬间涨红，窘迫得不知所措。我坐在靠窗的位置，瞥了她一眼，又把目光转到了窗外。真为她难过，怎么刚当老师就接手我们班呢？

"每个人都上来自我介绍，我想认识你们。"

没有人响应，大家在底下交头接耳。

"有勇气吗？我可是听说你们的胆子都很大哟！"

平日里就爱搞怪的张大勇第一个站起来说："有什么呀？我先来。"他大摇大摆地走到讲台前，双手合十，先弯腰向女老师鞠了一躬。他是想逗乐大家，没想到，女老师也礼貌地朝他鞠躬，并且动情地说："这是我踏上工作岗位后收到的第一份大礼，谢谢！"

哄笑中的我们却真切地看见了她脸上的感动表情。张大勇没想到女老师会回礼，还那么感动，一时窘迫得面红耳赤，他怯怯地说："谢谢老师！"飞快地跑回座位。

接下来，再上台做自我介绍的同学都正经多了。上来时，都先礼貌地向女老师鞠躬，她也一样，一次次深深地弯下腰，一脸真诚地向我们鞠躬。第一次看见一个老师这么庄重地向学生鞠躬，大家心里暖暖的，很受用，一个个坐直了身子。

当我们班最捣蛋的阿楷上去时，我的心莫名地悬了起来，我为她担心，害怕她会受到伤害。阿楷平日里张扬惯了，对谁都大呼小叫，很没礼貌，不知道这次，他又会弄出些什么名堂来为难她？以前的老师，哪个遇见他都头疼。果然，阿楷上去后，歪着头，久久地盯着她，突然问："你教了多久的书？"

"我刚毕业，你们是我的第一批学生。"她微笑着说。

"那你有什么能力教我们？"阿楷追问。他就是想刁难她，让她下不了台，然后博得我们的欢呼声。在以前，大家都很配合他。没想到这次，居然没有一个人响应，大家还愤愤不平地盯着阿楷，觉得他太过分了。

"我的教师生涯才刚刚开始，所以希望大家以后多帮助老师，让我们一起成长。你们愿意帮助我吗？"她扬起那张孩子气的脸，率真地望着我们。

大家没想到，她居然会认真应对阿楷的刁难。听完她的话后，大家鼓起了掌。阿楷在我们的嘘声中灰溜溜地跑了下来。

"那你会管我们吗？"有个男生问。"就是，以前的老师都凶巴巴的，说我们一无是处。"一个女生紧接着附和。她安静地聆听着，任由我们争先恐后地倾诉，最后才说："怎么管呢？你们都比老师还高了，需要管吗？""不需要！"我们异口同声。"三人行，必有我师，你们这么多人，难道没有值得我学习的地方吗？"她诚恳地问。

一阵雷鸣般的掌声随之响起，还有同学在喊："理解万岁！"

"谢谢大家！我相信你们！大家一起努力，共同进步！"她依旧笑容可掬地说。

看着她，听她说话，我心里有种异样的感觉，很舒服。其实她不像老师，倒像邻家姐姐，亲切友好。一堂课，就在这样轻松愉快的交流中度过。

因为她对我们的友善，我们倒还真不好意思再故意捣乱。我们都知道，学校里考核班级纪律，其实就是考核班主任的管理能力，这是学校评优秀班主任的前提条件。

一次语文小测，一个同学抄袭时被她抓个正着。"老师，我只是想多考几分，以后再也不敢了。"同学向她求情。她冷冷地瞪眼，看得大家脚底生寒。良久，她才缓缓地说："我宁愿你们考零分，也不要抄袭。抄袭和偷窃有什么区别？对不起！是我没教好大家。"说着，她站在讲台前，深深地朝我们鞠了一躬，眼角濡湿。

那个抄袭的同学，看她这样伤心难过，慌了神，支吾着说："许老师，对不起！是我的错，以后再也不会了。"

以前的小测，我们经常会抄袭，老师也不怎么管，但这次，没想到老师会这样。她没有责骂我们，只是自责，这更让我们难受。以后的考试，我们班再也没有同学抄袭，就像她说的，即使是考零分，也不能抄袭。

在她来了三个月后，我们班在学校的评比中，第一次拿到了流动红旗。

"谁说我们班不行呢？我看好你们哟！才短短三个月，你们就让我刮目相看了，好样的！"她在课堂上兴奋地说。我们一边鼓掌一边欢笑。被自己钟爱的老师表扬，大家都特别开心。我们私底下还商量好，好好表现，希望老师参加工作的第一年就能评上"优秀班主任"，这是我们想送给她的礼物。

阿楷虽然捣蛋，但这家伙能跑善跳，身体素质很好。她让他组建一个运动队，负责训练大家。学校一年一次的运动会在元旦后进行。

阿楷从来没被老师这么重视过，每天的锻炼，他最热心，不仅自己练得很努力，还很耐心地帮助体育差的同学。

我以前挺看不起他的，觉得他四肢发达，头脑简单，每次问我作业，我都敷衍他，但他却很认真地教我助跑跳远。体育是我的弱项，没有一项能及格。这次，老师特意把我们俩安排在一组，"小宇，你学习好，帮他补课。阿楷体育好，天天陪小宇运动。争取两个人都能达到及格线，有信心吗？"阿楷大声叫有，我却犹豫不决。

我和阿楷本来关系一般，还吵过架，但被她一对一捆绑在一起后，每天一起学习，一起锻炼，关系慢慢变得融洽起来。曾经骄傲的心，慢慢地平和下来。发现别人的优点，其实也是人生的一件幸事，这可以让我们赢得友谊。这是她教会我们的，会让我们受益一生。